Bianca

Sara Craven

La seducción nunca miente

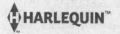

HARLEQUIN

Editado por HARLEQUIN IBÉRICA, S.A.
Núñez de Balboa, 56
28001 Madrid

© 2014 Sara Craven
© 2014 Harlequin Ibérica, S.A.
La seducción nunca miente, n.º 2322 - 16.7.14
Título original: Seduction Never Lies
Publicada originalmente por Mills & Boon®, Ltd., Londres.

I.S.B.N.: 978-84-687-4479-7
Depósito legal: M-12733-2014
Editor responsable: Luis Pugni
Impresión en Black print CPI (Barcelona)
Fecha impresion para Argentina: 12.1.15
Distribuidor exclusivo para España: LOGISTA
Distribuidor para México: CODIPLYRSA
Distribuidores para Argentina: interior, BERTRAN, S.A.C. Vélez
Sársfield, 1950. Cap. Fed./ Buenos Aires y Gran Buenos Aires,
VACCARO SÁNCHEZ y Cía, S.A.

Capítulo 1

OCTAVIA Denison echó la última carta en el último buzón de la calle y, suspirando aliviada, se volvió a subir a la bicicleta para regresar a la vicaría, que quedaba bastante lejos de allí.

En ocasiones, y aquella era una de ellas, deseaba que su padre, el reverendo Lloyd Denison enviase su mensaje mensual por correo electrónico.

Tal y como solía decir Patrick, todo el mundo debía de tener ya ordenador en casa.

Pero su padre prefería darle un toque más personal, y cuando Tavy llegaba a casa de la señora Lewis, que estaba deseando charlar y tomarse un té con alguien porque su sobrina estaba de vacaciones, y que no tenía ordenador ni teléfono móvil, tenía que admitir que su padre tenía cierta razón.

En cualquier caso, no era el día ideal para montar en aquella vieja bicicleta.

Por una vez estaban teniendo una pequeña ola de calor a finales de mayo que, además, había coincidido con unos días de vacaciones escolares.

Para los niños estaba bien, pensó Tavy mientras pedaleaba, pero ella tendría que volver a trabajar al día siguiente.

Su jefa, Eunice Wilding, le pagaba lo que consideraba que era adecuado para una secretaria de escuela joven y sin cualificación.

A pesar del reducido sueldo, aquel trabajo había sido para ella una salvación, un pequeño rayo de sol en la oscuridad y el dolor que había compartido con su padre después de la repentina muerte de su madre.

Su padre había protestado cuando ella le había anunciado que iba a dejar la universidad para volver a casa a ayudarlo, pero la había mirado con alivio. Así, Tavy había ido asumiendo las tareas parroquiales que hasta entonces había realizado su madre con tanto cariño y buen humor. Y había descubierto que para la señora Wilding la palabra secretaria era sinónimo de chica para todo.

A pesar de los inconvenientes, el trabajo le permitía tener una cierta independencia económica y contribuir al presupuesto de la vicaría.

A cambio, tenía que trabajar en un horario normal de oficina, cinco días y medio a la semana, con solo quince días de vacaciones, una semana en primavera y otra en otoño. Nada que ver con las larguísimas vacaciones de los profesores.

Esa tarde la tenía libre porque en el colegio había reunión. A pesar de su elevado precio, la escuela de Greenbrook tenía mucho éxito gracias a sus buenos resultados. La señora Wilding no enseñaba, era la directora, pero se le daba bien escoger a los profesores y hasta los alumnos menos prometedores eran bienvenidos.

Cuando se jubilase, la escuela continuaría floreciendo bajo el mando de Patrick, su único hijo, que había regresado de Londres el año anterior para convertirse en socio de una gestoría de una ciudad cercana y que trabajaba como tesorero en la escuela.

Su esposa, cuando se casase, también tendría su papel, pensó Tavy, sintiendo un calor por dentro que no tenía nada que ver con el sol.

Conocía a Patrick de toda la vida y había estado enamorada de él en la adolescencia. Mientras sus compañeras fantaseaban con estrellas del pop y actores, ella pensaba solo en aquel Adonis alto, de pelo claro y ojos azules de su pueblo.

Aunque él nunca se había fijado en ella. Además, pronto se había marchado a la universidad, después a estudiar a Estados Unidos, y ya casi no había vuelto por allí. Así que jamás se habría imaginado que volvería a vivir a Hazelton Magna. Y eso era exactamente lo que había ocurrido seis meses antes.

Y ella se había enterado una tarde en la que su madre había entrado en su pequeño despacho acompañada por él.

—Patrick, no sé si te acordarás de Octavia Denison... —había dicho.

—Por supuesto que sí, éramos amigos —había respondido él sonriendo—. Estás guapísima, Tavy.

Ella se había ruborizado y había intentado que no le temblase la voz al responder:

—Me alegro de verte, Patrick.

Después de aquel día, Patrick había pasado por su despacho siempre que había ido al colegio, a charlar como si realmente hubiesen sido amigos y Tavy no hubiese sido solo la chica flaca y pelirroja de la vicaría, tal y como una de las amigas de Patrick la había descrito en una ocasión.

Ella había mantenido las distancias, había sido educada, pero no demasiado simpática porque su instinto le decía que la señora Wilding no iba a aprobar aquella confraternización. Ni siquiera estaba segura de aprobarla ella misma.

Así que el primer día que Patrick la había invitado a cenar, su negativa había sido inmediata y definitiva.

–¿Por qué no? –le había preguntado él–. Comes, ¿no?

–Patrick, trabajo para tu madre. No sería... adecuado que salieses con su empleada.

«Además, necesito el trabajo porque encontrar otro por la zona es muy complicado...».

Él había resoplado.

–Por Dios santo, ¿en qué siglo vivimos? Mamá estará encantada, te lo aseguro.

Tavy se había mantenido firme, pero él había adoptado la misma actitud y, al final, a la tercera, por fin habían salido juntos.

Mientras se arreglaba y buscaba en el armario el único vestido decente que tenía y rezaba porque todavía le sirviese, había pensado que no había vuelto a salir con un hombre desde los pocos meses que había estado en la universidad, donde había salido en un par de ocasiones con un compañero llamado Jack.

Desde entonces... nada, nadie.

Lo cierto era que había pocos hombres solteros y disponibles en la zona. Además, entre su trabajo y el que tenía que hacer en la vicaría, terminaba demasiado cansada.

Así que había esperado que Patrick no se hubiese dado cuenta de todo aquello y la hubiese invitado a salir porque le daba pena.

Si era así, lo había disimulado muy bien durante toda la noche, y Tavy todavía sonreía al recordarlo. La había llevado a un pequeño restaurante francés donde habían cenado un delicioso paté con sabor a ajo, *confit du canard* servido con judías verdes y *gratin dauphinois* y, de postre, una deliciosa mousse de chocolate. Todo bañado en un vino suave y afrutado.

La comida era típica de la región Dordogne, le había contado Patrick. Probablemente no volviese a probarla en toda su vida, pensó más tarde, antes de quedarse dormida.

Después de aquello, empezaron a verse de manera regular, aunque cuando se veían en el trabajo, su relación siempre era estrictamente profesional. Tavy no estaba segura de que su jefa estuviese al corriente de la situación. La señora Wilding no había hecho ningún comentario al respecto, pero tal vez fuese porque no le parecía relevante, o porque pensaba que era una aberración temporal que no podía durar.

Aunque no parecía que fuese a terminarse. Por el momento, Patrick no había hecho ningún intento serio de llevársela a la cama, que era casi lo que Tavy había esperado. Y, tal vez, también lo había querido, ya que no quería ser la última virgen de veintidós años en cautividad.

Y a pesar de saber que a su padre no le parecía bien, era un hombre realista, así que lo único que le había aconsejado antes de que se fuese a la universidad era que se respetase siempre a sí misma.

Ella pensaba que lo haría aunque se acostase con un hombre con el que tenía una relación estable.

Si bien era cierto que Patrick y ella siempre se veían lejos del pueblo.

Cuando Tavy había bromeado al respecto, Patrick había admitido que había pretendido mantener la situación en secreto. Le había dicho que, en esos momentos, su madre tenía muchas cosas en mente, y que estaba esperando a que llegase la ocasión adecuada para contárselo.

Tavy, por su parte, se había preguntado si esa ocasión llegaría alguna vez. No quería pensar cómo reaccionaría la señora Wilding cuando se enterase de que su secretaria podría algún día convertirse en su nuera.

No obstante, mientras se limpiaba el sudor de la frente, pensó que no iba a preocuparse por eso antes de tiempo.

Oyó un claxon y fue entonces cuando se dio cuenta de que llevaba un coche detrás. La bicicleta se tambaleó un instante, pero enseguida volvió a controlarla.

El coche que la había asustado y que la adelantó era un deportivo descapotable que se detuvo unos metros más adelante.

–Hola, Octavia –la saludó su dueña, apoyándose las gafas de sol de marca en la melena rubia–. ¿Todavía utilizas esa reliquia?

Ella intentó no perder ni los nervios ni el equilibrio, pero gruñó en silencio.

«Fiona Culham», pensó resignada. Habría reconocido aquella voz en cualquier parte. Aunque habría preferido no volver a oírla en mucho tiempo.

Tavy bajó de la bicicleta a regañadientes y se acercó al coche.

–Hola, señora Latimer –la saludó en tono civilizado, pero frío, a pesar de que Fiona solo tenía dos años más que ella–. ¿Cómo estás?

–Estoy bien, aunque veo que no te has enterado de que, ahora que me estoy divorciando, he vuelto a utilizar mi nombre de soltera.

A Tavy le sorprendió la noticia, al parecer, el matrimonio había durado solo año y medio.

–No, no lo sabía, pero lo siento mucho.

Fiona Culham se encogió de hombros.

–Pues no lo sientas. Fue un tremendo error.

El tremendo error había salido publicado en todos los periódicos y revistas del corazón, en los que se había descrito a la novia como radiante.

Tavy se aclaró la garganta.

–Debe de estar siendo muy duro. ¿Has venido de vacaciones?

–Todo lo contrario –respondió Fiona–. Y he vuelto para quedarme.

Luego miró a Tavy de arriba abajo, haciendo que fuese consciente de que iba despeinada y con el pelo rojizo mojado de sudor alrededor del rostro, además examinó con desprecio la camiseta y el pantalón que llevaba puestos.

El moño de Fiona era perfecto, vestía una camisa de seda y unos vaqueros de diseño.

–¿Se puede saber qué buena obra estás realizando hoy? ¿Has ido a visitar a algún enfermo o a dar limosna a los pobres? –le preguntó esta.

–He ido a repartir el boletín informativo del pueblo –le contestó Tavy.

–Qué hija tan diligente y buena –comentó Fiona–.

Hasta pronto. No puedo quedarme más tiempo al sol, Octavia. Tú pareces estar a punto de derretirte.

Tavy vio desaparecer el coche en la siguiente curva y deseó no volver a verlo en mucho tiempo.

Aunque ni siquiera el tiempo podía arreglar a Fiona, que siempre había sido una niña mimada, la hija única de una familia muy rica. Había sido ella la que había comentado en tono despectivo que era flaca y pelirroja.

No obstante, mientras volvía a montar en la bicicleta, Tavy pensó que Fiona tenía razón en algo: estaba a punto de derretirse, pero eso tenía una solución y ella sabía dónde encontrarla.

Tomó la carretera de la izquierda en la primera bifurcación que encontró, que la llevaría al otro lado del muro de piedra que rodeaba los terrenos de Ladysmere Manor.

Al llegar al muro vio que el desgastado cartel de *Se vende* se había caído al suelo. Bajó de la bicicleta, lo recogió y lo colocó encima con cuidado a pesar de saber que no serviría de nada.

La finca llevaba vacía, en venta y abandonada tres años, desde la muerte de sir George Manning, un viudo que no había tenido hijos. Su heredero, un primo lejano que vivía en España y no tenía intención de volver, había subastado el contenido de la casa y después había puesto la finca a la venta, pidiendo por ella una cantidad astronómica.

La casa tenía una mezcla extraña de estilos. Decían que una parte era de la época jacobea, pero que después se habían añadido y tirado partes, por lo que casi no quedaba nada de la construcción original.

Sir George había sido un hombre amable y generoso, que había abierto la finca al pueblo para celebrar la fiesta anual, había permitido a los scouts que acampasen en ella, y sus fiestas navideñas habían sido legendarias.

Pero sin él, la casa se había quedado vacía.

A Tavy siempre le había encantado y, en su imaginación, la había convertido en un lugar mágico, en un castillo encantado.

En ese momento, mientras atravesaba la jungla en la que se había convertido el jardín, pensó con tristeza que más que magia haría falta un milagro para devolverle la vida a la finca.

Entre los arbustos, vio a lo lejos el brillo verde de los sauces que bordeaban el lago. Al principio, varios voluntarios del pueblo habían ido a ocuparse del jardín, hasta que se les había advertido que la casa no tenía ningún seguro que cubriese accidentes y habían dejado de hacerlo.

Pero el hecho de que todo estuviese tan descuidado no desanimó a Tavy. Ya se había enfrentado a la maleza en veranos anteriores, cuando la temperatura había sido tan alta que lo único que le había importado era refrescarse. Y como siempre tenía el lago para ella sola, nunca se había molestado en ponerse bañador.

Aquello se había convertido en un placer secreto del que no disfrutaba con demasiada frecuencia, por supuesto, pero que tampoco le hacía daño a nadie. Al menos ella no se había olvidado de la casa.

Ni de la mujer que llevaba allí casi trescientos años y a la que esos últimos meses debían de haberle parecido muy aburridos, allí desnuda en su pedestal, mirando hacia el agua, con un brazo de mármol blanco tapándose los pechos y la otra mano cubriendo castamente el corazón de sus muslos.

Tavy siempre se había alegrado de que no hubiesen vendido la estatua. Aquella Afrodita, Elena de Troya o fuese quién fuese, había conseguido escapar. Tavy se quitó la ropa y la dejó doblada sobre el pedestal antes de soltarse el pelo. El lago no habría sido lo mismo sin la estatua.

El agua estaba muy fría y Tavy dio un grito ahogado al empezar a andar por la orilla. Se hundió más y agradeció la sensación, hasta que después de suspirar de placer se sumergió por completo.

Vio encima de ella el sol y fue a su encuentro, saliendo de golpe, pero con gracia, a la superficie.

Entonces vio un pilar negro que le tapaba el sol.

Levantó las manos para apartarse el pelo de la cara y se frotó los ojos, que debían de haberle jugado una mala pasada.

Pero no, no estaba alucinando. La oscuridad era real. De carne y hueso. Era un hombre alto, de hombros anchos, caderas estrechas, vestido todo de negro, que, al parecer, había salido de la nada y se había colocado delante de la estatua para observarla.

–¿Quién eres? –inquirió Tavy–. ¿Y qué demonios haces aquí?

–Qué extraño. Yo iba a preguntarte lo mismo –respondió él en voz baja, en tono divertido.

–No tengo por qué contestarte –le dijo ella, horrorizada al darse cuenta de que estaba con los pechos desnudos, y volviendo a sumergirse hasta los hombros–. Esta finca es propiedad privada y no puedes entrar.

–Pues ya somos dos –dijo él hombre sonriendo de oreja a oreja–. Me pregunto quién de los dos está más sorprendido.

Tavy se dio cuenta de que tenía el rostro moreno y el pelo moreno y rizado demasiado largo. Llevaba un reloj, probablemente barato, y un cinturón con hebilla plateada que era lo único que resaltaba sobre la ropa negra.

Tavy pensó que parecía uno de esos vagabundos que tantos problemas daban en invierno.

Debía haber vuelto a buscar chatarra.

A pesar de que le era difícil hablarle con dignidad en aquellas circunstancias, lo intentó.

–Si te marchas ahora mismo, no informaré a las autoridades. En cualquier caso, el lugar está vigilado, hay cámaras, así que no podrás llevarte nada.

–Gracias por la advertencia. Deben de estar muy bien escondidas, esas cámaras, porque no he visto ninguna.

El hombre apartó la ropa de Tavy del pedestal y se sentó en él.

–A lo mejor puedes enseñarme una salida que sea segura. Supongo que será la misma por la que has entrado tú.

–Te sugiero que te vayas por donde hayas venido y que no pierdas más tiempo aquí –replicó Tavy, a la que le estaban empezando a castañetear los dientes del frío, de los nervios, o de ambas cosas a la vez.

–De eso nada. Este lugar es muy bonito y no tengo ninguna prisa –respondió el hombre.

–Yo sí la tengo –le dijo ella, intentando hablar con naturalidad–. Así que me gustaría poder vestirme.

Él señaló la ropa.

–Hazlo.

–Pero sin que me mires.

Antes prefería quedarse allí congelada que tener que salir desnuda delante de aquel hombre.

Él volvió a sonreír.

–¿Cómo sabes que no te estaba mirando mientras te desnudabas? –preguntó.

Tavy intentó tragar saliva.

–¿Estabas... mirando?

–No, pero estoy seguro de que habrá otras ocasiones –le dijo él.

Su teléfono móvil empezó a sonar y se lo sacó del bolsillo.

–Hola. Sí, todo va bien. No tardaré.

Colgó y se levantó.

–Salvados por la campana –comentó.

–Sin duda, porque estaba pensando en denunciarte por acoso sexual.

–¿Solo por haber bromeado un poco? –preguntó él sacudiendo la cabeza–. No lo creo. Tendrías que contarle a la policía dónde estabas y lo que estabas haciendo. Y dudo mucho que quieras hacer eso.

Después de decir aquello, le tiró un beso al aire y añadió:

–Hasta pronto.

Y luego se marchó sin mirar atrás.

Capítulo 2

TAVY se quedó un rato donde estaba, esperando a estar segura de que estaba completamente sola. Después, nadó hasta la orilla y salió con piernas temblorosas.

En circunstancias normales se habría secado al sol, pero en esa ocasión se vistió de inmediato, desesperada por marcharse de allí. Se maldijo por haber ido y supo que aquel ya no volvería a ser un lugar especial, que no regresaría jamás.

Además, no se sentía fresca. Se sentía incómoda, tenía el corazón acelerado. Y también se sentía sucia.

«Hasta pronto».

Era la segunda vez que se lo decían ese día y ella había pensado lo mismo las dos veces.

«No si puedo evitarlo».

Era probable que no pudiese evitar a Fiona Culham, pero después de aquel último encuentro, le diría a la policía que había vagabundos por la zona.

Terminó de vestirse y se dio cuenta de que aquel hombre tan fuerte podía haberle hecho algo.

Se recogió el pelo húmedo en una trenza para que no se notase tanto que estaba mojado y se sintió más o menos preparada para volver al mundo exterior.

Cuando llegó al muro, casi le sorprendió ver que la bicicleta seguía donde la había dejado. Su padre siempre había dicho que lo de «nunca hay dos sin tres» era una tonta superstición, pero ocurría con la frecuencia suficiente como para que Tavy no estuviese tan segura. Aunque no en aquella ocasión. Pedaleó aliviada y con fuerza para alejarse de allí lo antes posible.

Cuando llegó a la vicaría encontró a su padre en la cocina, sentado a la mesa con un té, unos pasatiempos y unos restos de bizcocho.

—Hola, papá. Tiene buena pinta.

—Es bizcocho de jengibre —le dijo él alegremente—. Lo probé el otro día y comenté que estaba delicioso, así que la señora Harris me ha preparado uno y me lo ha traído.

—Te tienen muy mimado —lo reprendió Tavy—. Supongo que ya saben que no tengo ni idea de repostería.

Su padre sonrió.

—Por cierto, papá, ¿has oído si hay otra vez vagabundos por el pueblo?

—No, no he oído nada —le respondió su padre sorprendido—, pero tenía la esperanza de que no volviesen.

Tavy había pensado lo mismo, pero su mente se vio invadida por la imagen de un rostro moreno y unos ojos marrones que la miraban con diversión y con otra cosa mucho más inquietante.

La apartó de su mente.

—¿Cómo va el sermón?

—Ya lo he terminado, pero si han vuelto los vagabundos tal vez debería escribir otro acerca del amor al prójimo.

Luego la miró y frunció ligeramente el ceño.

–Estás un poco pálida.

Al menos no dijo nada de su pelo mojado...

Tavy se encogió de hombros.

–A lo mejor me ha dado demasiado el sol. Debería empezar a llevar sombrero.

–Siéntate. Te prepararé un té.

–Estupendo, y también quiero un trozo de ese bizcocho, si no te importa compartirlo.

A la mañana siguiente, Tavy llegó temprano al trabajo, consciente de que no había dormido demasiado bien, quería pensar que por culpa del calor.

Se había levantado más relajada con respecto a los incidentes del día anterior, salvo el del lago, por supuesto.

Antes de meterse en la cama la noche anterior, se había mirado en el espejo y se había imaginado que había tenido el coraje de salir desnuda del agua para recoger su ropa, tratando al hombre de manera despectiva, como si no estuviese allí.

Al fin y al cabo, no tenía de qué avergonzarse. Tal vez estuviese delgada y tuviese los pechos un poco pequeños, pero eran firmes y redondos, tenía el estómago plano y una bonita curva en las caderas.

Al mismo tiempo, se alegró de haberse quedado en el agua, porque el primer hombre que la viese desnuda sería Patrick, y no un mirón insolente y rastrero.

Entró en la escuela por la puerta de atrás y oyó hablar a la señora Wilding en voz alta, mientras que Patrick intentaba aplacarla.

–No seas tonto –lo reprendía su madre–. ¿No te das cuenta de que eso puede terminar con nosotros? Si se entera la gente, los padres pondrán el grito en el cielo, y con razón.

Tavy decidió que no podían estar hablando de su relación.

Se asomó vacilante a la puerta del salón y Patrick se giró hacia ella y la miró aliviado.

–Tavy, prepárale un té a mi madre, por favor. Está... disgustada.

–¿Disgustada? –repitió la señora Wilding–. ¿Qué esperabas? ¿Quién en su sano juicio querría que unos niños inocentes e impresionables estuviesen bajo la influencia de un degenerado?

–¿Qué ha pasado? –le preguntó Tavy a Patrick en un susurro cuando este fue a buscar el té.

–Anoche me encontré con Chris Abbot y fuimos a tomar una copa. Él estaba de celebración porque, al parecer, ha conseguido vender Ladysmere Manor.

–Me alegro –respondió Tavy, llenando la tetera y buscando una de las tazas de porcelana de su jefa–. La finca tiene que estar ocupada antes de que los ladrones empiecen a desmantelarla.

Patrick negó con la cabeza.

–No es una buena noticia, el comprador es Jago Marsh.

La expresión de Tavy fue de desconcierto.

–Seguro que has oído hablar de él, Tavy. Es una estrella del rock multimillonaria. Fue guitarrista de Descent hasta que se separaron después de una monumental pelea.

Tavy quiso recordar algo de su breve época de universidad. Un grupo de chicas hablando de que habían ido a un concierto y de lo atractivos que eran los miembros de la banda.

Una de ellas había dicho que había tenido un orgasmo solo de pensar en Jago Marsh y a ella el recuerdo le causó repugnancia.

–¿Por qué iba a querer alguien así vivir en un sitio tan apartado como este?

Patrick se encogió de hombros y tomó la bandeja.

–A lo mejor se ha puesto de moda y ahora todo el mundo quiere vivir en lugares apartados.

Según Chris, estaba en una fiesta en España en la que conoció al sobrino de sir George, que se quejó de que tenía una finca que no lograba vender a pesar de haberle puesto un precio razonable.

–Ha cambiado de canción –comentó Tavy, siguiéndolo por el pasillo.

–Según Chris, necesitaba el dinero. Así que Jago Marsh vino a ver la finca, le gustó y la compró.

Patrick suspiró.

–Tendremos que vivir con ello –añadió.

La señora Winding estaba sentada en un extremo del sofá, rompiendo un pañuelo de papel con los dedos.

–Tenía que haberla comprado yo –dijo–. Al fin y al cabo, llevaba tiempo queriendo ampliar el colegio, pero mi oferta fue rechazada. Y ahora se ha vendido por muy poco.

–Todavía es más de lo que tú podías pagar –añadió Patrick.

–Había otras ofertas –comentó su madre–. ¿Por qué

no pregunta Christopher Abbot si hay alguien más interesado? Estaría bien que comprase la finca alguien decente, que fuese un motivo de orgullo para el pueblo.

–Creo que la venta ya está cerrada.

–No quiero ni pensarlo –protestó la señora Wilding, tomando la taza de té que Tavy le había servido–. El tal Marsh es la última persona que querría viviendo aquí. Destruirá el pueblo. La prensa del corazón acampará en los alrededores, las horribles fiestas no nos dejarán dormir por las noches. La policía tendrá que investigar casos de droga y corrupción. Nos va a arruinar la vida.

Dicho aquello, se giró a mirar a Tavy.

–¿Qué va a hacer tu padre al respecto?

A Tavy le sorprendió la pregunta.

–Bueno, es evidente que no puede impedir la venta. Y tampoco creo que vaya a criticar a nadie –añadió con cautela.

La señora Wilding resopló.

–En otras palabras, que no va a mover un dedo para proteger nuestros valores morales –comentó, dejando la taza–. Bueno, será mejor que te pongas a trabajar, Octavia. La correspondencia de ayer está encima de tu escritorio. Cuando termines con eso, ve a echar una mano con la colada. También necesitamos un nuevo proveedor de verduras, así que llama a ver qué precios te dan unos y otros.

Mientras iba hacia su despacho, Tavy pensó que la señora Wilding había pasado de estar completamente abatida a ponerse en modo profesional. Aunque lo cierto era que tenía motivos para preocuparse.

Se preguntó si el hombre que se había encontrado

en el lago tendría algo que ver con la venta de la finca. A lo mejor era el nuevo guardia, y ella le había advertido que era una propiedad privada, por eso la había mirado como si le hiciese gracia.

Con un poco de suerte, aconsejaría a su jefe que levantase más el muro y ambos hombres se quedarían siempre detrás de él.

Esa mañana hubo mucho trabajo, y el humor de la señora Wilding no había mejorado cuando Tavy le llevó la lista de sábanas, toallas y manteles que la encargada de la lavandería consideraba que había que reemplazar urgentemente antes de que empezase el curso en septiembre. Además tuvo que darle la noticia de que, al parecer, nadie ofrecía verduras más baratas o de mejor calidad que el proveedor que tenían en esos momentos.

—A lo mejor debería esperar a ver si todavía tenemos alumnos en otoño —comentó la directora antes de decirle a Tavy que podía marcharse.

Ella tampoco estaba muy animada, porque Patrick le había dicho en un susurro que esa noche no podrían verse.

—Mamá quiere que cenemos juntos y pensemos en una estrategia y, dadas las circunstancias, no puedo negarme —le dijo, dándole un beso rápido antes de salir por la puerta—. Te llamaré mañana.

Mientras volvía a casa en bicicleta, Tavy pensó que, por una vez, estaba completamente de acuerdo con su jefa. La llegada de Jago Marsh podía ser lo peor que había ocurrido en el pueblo en mucho tiempo.

Era una pena que aquel hombre no se hubiese quedado en España, se dijo mientras aparcaba la bicicleta en la parte trasera de la casa y entraba en la cocina.

Allí se detuvo de golpe, abriendo mucho los ojos verdes, horrorizada, al ver quién estaba sentado a la mesa con su padre.

—Ah, aquí estás cariño —dijo su padre en tono cariñoso—. Como puedes ver, tenemos un vecino nuevo, Jago Marsh, que ha tenido el detalle de venir a presentarse.

El otro hombre se había levantado educadamente.

—Jago, esta es mi hija, Octavia.

—Señorita Denison —dijo él sonriendo y arqueando una ceja como si aquello le resultase muy divertido—. Es un placer.

Ella notó que se ruborizaba al reconocer al hombre de negro.

Salvo que en esa ocasión no iba de negro, sino con unos pantalones vaqueros azules y una camisa blanca y remangada, lo que realzaba todavía más su piel bronceada. Se había peinado y estaba recién afeitado.

Dio un paso hacia ella para darle la mano, pero Tavy mantuvo los puños cerrados.

—¿Qué tal está? —le preguntó en tono gélido al tiempo que se daba cuenta de que encima de la mesa había dos botellas de cerveza vacías.

—Jago es músico —le contó su padre—. Y va a venir a vivir a Ladysmere Manor.

—Eso he oído —comentó ella, recogiendo los vasos sucios de encima de la mesa y llevándolos al fregadero antes de tirar las botellas de cerveza al contenedor de vidrio.

Su padre miró al invitado e hizo una mueca.

–Me temo que en el pueblo las noticias vuelan –comentó.

Jago Marsh sonrió de oreja a oreja.

–Es lo normal. Y no me importa, siempre y cuando lo que se diga sea verdad, por supuesto.

–No se preocupe –le dijo Tavy–. Suelen calar enseguida a los recién llegados.

–Eso está bien. Por cierto, yo ya soy un músico retirado.

–¿De verdad? –le preguntó ella–. ¿Y después de tantos conciertos y tantos fans, no le resultará aburrido vivir en Hazelton Magna?

–Todo lo contrario –respondió Jago–. Estoy seguro de que tiene muchos encantos ocultos y estoy deseando explorarlos todos. Estaba buscando un lugar tranquilo en el que establecerme para poder explorar otros caminos, y Ladysmere Manor me parece el lugar perfecto.

Luego se giró hacia el pastor.

–Sobre todo, la bella ninfa que me esperaba en el lago. Un placer inesperado e irresistible que me ha ayudado a tomar la decisión final.

Tavy tomó un paño y limpió el fregadero como si su vida dependiese de ello.

–Ah, la estatua –dijo su padre–. Sí, es una escultura preciosa. Un clásico. Es del siglo XVIII.

–Pero la casa lleva tanto tiempo vacía que costará una fortuna reformarla, ¿no? ¿Está seguro de que merece la pena? –intervino Tavy.

–Buena pregunta –admitió Jago Marsh–, pero he venido para quedarme, me gusta la tranquilidad de este lugar, así que pagaré lo que sea necesario para acondicionar la casa. Aunque supongo que lo que más necesita es que la habite alguien, la cuide y le dé cariño.

Ella volvió a ruborizarse y el recién llegado la recorrió con la mirada, estudiando su blusa blanca y la falda gris oscura que, por explícito deseo de la señora Wilding, le llegaba por debajo de la rodilla.

—Muy bien —respondió Tavy indignada con el comportamiento del hombre.

A lo mejor había tenido suerte con muchas otras chicas, pero a ella no le interesaba la música rock, ni los músicos, así que no tenía ninguna posibilidad.

Además, aquello de que quería establecerse en algún sitio tranquilo tenía que ser mentira. Tavy le daba, como mucho, tres meses de vida rural.

Y ella aguantaría ese tiempo. Fue aguantar el resto de la visita lo que le resultó complicado.

«Pronto terminará», se dijo a sí misma.

Pero entonces su padre anunció:

—He invitado a Jago a comer, cariño. Espero que no te importe.

—Hay pollo frío y ensalada —respondió ella—. Y no sé si será suficiente para todos.

—Pensé que íbamos a comer macarrones con queso —le dijo él—. Los he visto en la nevera cuando he sacado las cervezas.

Era una de las comidas favoritas de su padre para los sábados, por eso los tenía ya preparados.

—Son para la cena —mintió Tavy.

—Ah —comentó el pastor sorprendido—, pensé que ibas a salir a cenar con Patrick.

–No. Su madre ha recibido una mala noticia, así que va a quedarse con ella.

–Bueno, en cualquier caso, comeremos los macarrones ahora, no tardarán mucho en estar listos.

–Papá –dijo ella, intentando reír con naturalidad–, estoy segura de que el señor Marsh tendrá algo mucho mejor que hacer que comerse unos macarrones con nosotros.

–¿Algo mejor que una comida casera en buena compañía? –inquirió su antagonista en tono dulce–. Suena estupendamente. Siempre y cuando no sea demasiado trabajo para usted.

Tavy recordó uno de los libros de Agatha Christie que había leído hacía mucho tiempo: *Muerte en la vicaría*. Y le entraron ganas de hacer una secuencia en vivo y en directo.

No obstante, contó hasta diez.

–¿Por qué no salís a tomaros otra cerveza al jardín? –se obligó a sugerir–. Os llamaré cuando la comida esté lista.

Mientras se calentaba el horno, mezcló pan rallado con parmesano y lo echó por encima de la pasta. Luego sacó un tarro de ciruelas que había envasado el otoño anterior para servirlas con helado para el postre y aliñó la ensalada.

Metió la fuente de macarrones en el horno y pensó que por la noche tendrían que cenar el pollo. Luego empezó a poner la mesa.

Podía hacer las tareas domésticas en piloto automático, una suerte, porque en esos momentos el cerebro no le funcionaba demasiado bien.

En circunstancias normales, habría corrido a quitarse aquella ropa que consideraba un uniforme y que no le gustaba nada y se habría puesto unos pantalones cortos y una camiseta de tirantes, también se habría soltado el pelo. Se habría preparado para pasar la tarde tranquilamente leyendo a la sombra del castaño que había en el jardín.

Pero aquel no era un día normal y le pareció más sensato quedarse con aquella ropa e intentar hacer ver al invitado que la chica a la que había visto el día anterior era solo una fantasía.

Y demostrarle que aquella era la verdadera Octavia Denison: eficiente, trabajadora, responsable y madura. La hija del pastor y, por lo tanto, la última persona con la que bañarse desnudo en un lago.

Salvo que ella lo había hecho, y cambiar esa imagen de sí misma iba a ser imposible.

Suspiró. Su padre era encantador, pero Tavy deseaba en ocasiones que fuese más cauto con los extraños. Que no confiase tanto en ellos. En el pasado, se había llevado más de una decepción.

Con respecto a Jago Marsh, sería ella la cauta. De hecho, no bajaría la guardia.

No sabía mucho del grupo de música Descent, pero sí recordaba que no había sido precisamente un grupo de chicos educados.

Pensó que aquel hombre debía de estar jugando a algún juego desagradable con ellos, pero su padre no se daba cuenta.

El pastor era un hombre muy querido en la parroquia, probablemente, porque creía en la bondad de la naturaleza humana, si bien su adherencia a los cultos más tradicionales no siempre gustaba en la diócesis.

Pero esa era otra cuestión.

«Bástele al día su propio mal», pensó. Que, en aquel caso, era Jago Marsh.

Y Tavy volvió a suspirar, pero en esa ocasión más profundamente.

Capítulo 3

FUE UNA comida complicada y, muy a su pesar, una de las veces que mejor le habían quedado los macarrones con queso. Jago Marsh los había elogiado generosamente y había repetido.

Para sorpresa de Tavy, su padre había bajado a la oscura bodega de la vicaría y había sacado una botella de vino italiano que complementaba la comida a la perfección.

Ella lo había mirado con las cejas arqueadas y le había preguntado:

–¿Piensas que el señor Marsh debería beber, si va a conducir?

–El señor Marsh ha venido andando desde la finca –había respondido Jago en tono afable–. Y volverá a ella por el mismo medio.

¿Significaba eso que ya se había instalado allí? No era posible. No podía estar viviendo sin gas, electricidad ni agua y sin ningún mueble.

Y Tavy tampoco se lo imaginaba en unan tienda de campaña y un camping gas.

En ese momento se dio cuenta de que lo que había pensado que era un reloj barato era ni más ni menos que un Rolex.

Pero lo más inquietante era lo mucho que parecía

estar disfrutando su padre de la compañía, escuchando con interés las historias acerca de los primeros conciertos del grupo, probablemente algo modificadas.

Su invitado derrochaba encanto y buen humor. Era como si la opinión de un pastor de pueblo le importase mucho.

«Es mi padre, canalla, y lo quiero, así que como le hagas daño, yo te haré daño a ti, aunque emplee en ello el resto de mi vida», pensó Tavy enfadada.

–Jago –comentó su padre pensativo–. Un nombre interesante. Supongo que procede de James.

Jago asintió.

–Mi abuela era española –contó este–. Y quería que me pusiesen de nombre Iago, que hace referencia a Santiago de Compostela, pero a mis padres no les gustaba porque se acordaban del personaje de Shakespeare, así que se quedaron con la versión inglesa.

«Iago», pensó Tavy, que había estudiado *Otelo* en el instituto, había sido uno de los peores villanos de la literatura inglesa. La personificación de la maldad, por decirlo de algún modo.

Sintió que aquello era casi una advertencia y eso la llevó a confiar todavía menos en él.

Después de la comida, sirvió el café en el salón, pero cuando entró en él con la bandeja se dio cuenta de que Jago estaba observando una de las fotografías que había encima de la chimenea.

–Tu madre era muy bella –comentó sin girarse.

–Sí –respondió Tavy–. En todos los aspectos.

–Tu padre debe de sentirse muy solo sin ella.

–No está solo –respondió Tavy, poniéndose a la

defensiva–. Tiene su trabajo y me tiene a mí. Además, juega al ajedrez con un maestro jubilado del pueblo. Y...

–¿Sí?

–Y tiene a Dios –terminó ella a regañadientes, sin saber cuál sería la respuesta de su invitado.

–Seguro que sí –dijo este–, pero no me refería a eso.

Tavy decidió cambiar de tema.

–Por cierto, ¿dónde está?

Dejó la bandeja en la mesita del café, que estaba entre los dos viejos sofás que flanqueaban la chimenea.

–Ha ido a su despacho por un libro que va a prestarme, sobre la historia de la finca.

–Su pasado está claro, lo que le preocupa a todo el mundo es lo que usted vaya a hacer con ella en el futuro.

–He conocido a dos de mis vecinos cuando venía hacia aquí –le contó él–. Un hombre que iba a caballo y una mujer que paseaba a un perro. Ambos me han saludado y han sonreído, el perro no me ha mordido, así que no he pensado que mi presencia en el pueblo les inquietase lo más mínimo.

–A lo mejor a usted le parece divertido –dijo Tavy–, pero nosotros tendremos que convivir con todo lo que conlleva tener a una persona famosa en el pueblo, y con las consecuencias que deje cuando se aburra y se marche de él.

–No me has escuchado, cielo –le dijo él–. La finca va a ser mi casa. Mi única casa. ¿Por qué no hacemos una tregua antes de que vuelva tu padre? Me gusta el café solo y sin azúcar, para que lo sepas en un futuro.

–No me hará falta –respondió Tavy–. Porque esta será la primera y la última vez que se lo sirva.

–Bueno –respondió él–. Siempre se puede soñar.

Lloyd Denison regresó con un delgado libro con tapas verdes, desgastadas, en la mano.

–Las cosas nunca están donde esperas encontrarlas –comentó, sacudiendo la cabeza.

Tavy pensó con cariño que eso era porque su padre nunca dejaba las cosas en su sitio. Y ella no conseguía ayudarlo tanto como lo había ayudado su madre.

–Gracias –dijo Jago, aceptando el libro–. Prometo que lo cuidaré.

Cuando terminaron el café, se puso en pie.

–Ahora os dejo que disfrutéis del resto de la tarde. Muchas gracias otra vez por la deliciosa comida. En estos momentos lo de tomar comida casera me es imposible, no sé si podríais recomendarme algún restaurante.

–Yo salgo muy poco, pero seguro que Tavy puede hacerte alguna sugerencia –dijo su padre–. ¿Qué piensas, hija? Está el restaurante francés de Market Tranton.

«Que es nuestro sitio, de Patrick y mío», pensó Tavy.

–En el pub del pueblo dan comidas –dijo en tono frío.

–Sí, pero es todo muy básico –comentó su padre–. Tienes que conocer algún lugar mejor.

Ella se giró hacia Jago muy a su pesar.

–En ese caso, debería ir a Barkland Grange. Es un hotel que está a un buen paseo de aquí, pero creo que su cocina ha ganado un premio recientemente.

–Suena muy bien –respondió él, volviendo a sonreír–. Y como me he comido tu cena, a lo mejor ac-
cederías a acompañarme allí esta noche.

Luego miró a su padre.

–Usted también, señor, por supuesto.

–Muy amable –respondió el pastor–, pero tengo
que terminar mi sermón y, además, ha quedado algo
de pollo. No obstante, estoy seguro de que Tavy estará encantada de acompañarte. ¿Verdad que sí, cariño?

Tavy pensó que antes prefería morirse, pero como
gracias a su invitado no tenía con quién cenar esa noche, no se le ocurrió ninguna excusa creíble. La única
alternativa era rechazar la invitación, lo que sería de
muy mala educación y disgustaría a su padre.

Así que accedió en un murmullo y quedaron que
estaría preparada a las siete y media.

A no ser que antes la arrollase un cortacésped, y
si veía alguno en funcionamiento, se tiraría delante.

Se despidió de Jago junto a su padre, sonriendo y
preguntándose cuántas cosas podían salirle mal ese día.

Porque el hecho de mandarlo a Barkland Grange,
un restaurante muy caro y que estaba casi en el con-
dado de al lado, le había dado de rebote.

Una vez dentro, le preguntó a su padre.

–¿Papá, cómo has podido hacer eso? Prácticamente, me has ofrecido a ese hombre en bandeja de
plata.

–De eso nada, cariño. A mí solo me ha invitado
por educación, ¿sabes? Por algo que ha dicho en el
jardín me ha dado la impresión de que vuestra relación ha empezado con mal pie y quiere compensarte

–añadió su padre–. Y tengo que admitir que yo también he tenido un poco esa sensación durante la comida.

–¿De verdad? No tengo ni idea –mintió ella. Y luego añadió–: No quiero ir a cenar con él, papá. Vive en un mundo muy distinto al nuestro y eso me preocupa.

«Y lo peor es que no puedo contarte el verdadero motivo por el que no quiero estar con él. Por el que no quiero ni pensar en él. Porque entonces te sentirías decepcionado conmigo».

Tragó saliva.

–¿Por qué ha venido a verte?

–Para presentarse como el nuevo dueño de la finca y mi feligrés –respondió su padre pacientemente.

–¿De verdad piensas que es tan simple? –le preguntó Tavy, sacudiendo la cabeza–. Apuesto a que no lo ves nunca en tu sermón. Además, parece que se te ha olvidado que salgo con Patrick.

–No esta noche, cariño. Y, al fin y al cabo, Jago no conoce a nadie aquí. ¿Tanto te molesta hacerle un poco de compañía? A lo mejor, a pesar de la fama y el dinero, se siente solo.

«Eso ha dicho él de ti...».

–Lo dudo mucho –respondió Tavy–. Seguro que tiene una agenda del tamaño de una guía de teléfonos.

–Tal vez todavía no la haya sacado de la maleta –contestó su padre en tono amable.

Tavy resopló desesperada.

–Además, no tengo nada que ponerme. Al menos, para ir a un sitio así.

–Oh, cariño, si ese es el problema...

Fue a su despacho y volvió después con un pequeño rollo de billetes que le puso en la mano.

–¿No me dijiste que habían abierto una tienda nueva en Market Tranton?

–Papá –dijo ella sorprendida–. Aquí hay quinientas cincuenta libras, no puedo aceptarlo.

–Claro que puedes y vas a hacerlo –la contradijo él con firmeza–. Sabes muy bien que cobras una miseria, para todas las horas que trabajas en esa escuela, aunque tú pienses que merece la pena. Además, tengo la sensación de que vas a necesitar un vestido para alguna ocasión especial.

«Como para una fiesta de compromiso», pensó ella de repente, tomando las llaves del coche. Para eso sí que merecía la pena comprar un vestido.

Lo de esa noche podría soportarlo y después olvidarlo.

Según se iba acercando la hora de la cita, Tavy notó cómo se ponía tensa. Se sentó e intentó leer el periódico, pero entonces pensó en la edición de la semana siguiente, cuando la noticia de que Jago estaba allí se hubiese hecho pública.

Y solo pudo esperar no aparecer en ninguna de las noticias que se escribirían sobre él.

Al final, se había comprado dos vestidos, ambos sin mangas y con bastante escote, y con la falda mucho más corta de lo que estaba acostumbrada, uno en tono índigo, con pequeñas flores color marfil, y el otro, que era el que se había puesto esa noche, en un precioso verde jade.

Lo había escogido porque, entre las pocas joyas que su madre le había dejado, había unos pendientes de jade que no se había puesto nunca antes, pero que esperaba que le aportasen la seguridad que tanto necesitaba en esos momentos.

Y, por una vez, había conseguido recogerse la larga melena con facilidad, a pesar de que había tenido que utilizar el doble de horquillas de lo habitual.

Hasta se había comprado un pintalabios nuevo en tono marrón, que le sentaba mejor que el rosa que solía utilizar. Se maquilló y después se sintió tentada a quitárselo, pero no lo hizo.

Tampoco había sido capaz de contarle a su padre lo ocurrido el día anterior.

En algún momento de esa noche se disculparía con Jago Marsh por haber entrado en su propiedad, y luego le preguntaría si podían olvidarse del incidente o, al menos, no volver a hablar de él jamás. También le dejaría claro que no estaba dispuesta a permitir que le tomase el pelo acerca de aquel tema, y que tampoco quería que hiciese ningún comentario acerca de las ninfas acuáticas.

Después, tal y como se encontraba en esos momentos, lo más probable era que vomitase encima del mantel.

Llevaba en el bolso el dinero que le había sobrado después de comprar los vestidos, por si necesitaba marcharse corriendo del restaurante. A su madre siempre le había gustado tener algo de «dinero de emergencia».

Era extraño, estar pensando aquello cuando millones de mujeres en todo el mundo lo habrían dado todo por estar en su lugar. Allá ellas. Tavy se había puesto su único par de sandalias decente y le hacían daño.

Cuando sonó el timbre, notó que se le aceleraba el corazón de tal manera que estuvo a punto de gritar.

Mientras iba a abrir, pensó que no tenía que haberse arreglado tanto. Tenía que haberse puesto una camiseta y una falda vieja, tal vez la vaquera que tenía desde el colegio. Algo que hubiese hecho que aquel hombre desease no haberla puesto en aquella situación, no haberle pedido que saliese a cenar con él.

Su padre se le adelantó y abrió la puerta sonriendo de oreja a oreja. Después, le dijo a ella que estaba preciosa y que esperaba que pasase una velada maravillosa. Tavy no pudo sentir más vergüenza.

Así que estaba colorada y con la mirada clavada en el suelo, y no se dio cuenta hasta el último momento de que la persona que había esperándola en la puerta no era Jago Marsh, sino alguien mayor, con el pelo cano y un traje oscuro.

–Buenas noches, señorita Denison –le dijo el hombre–. Soy Charlie, el conductor del señor Jago. ¿Podrá llegar al coche con esos tacones o lo acerco más?

–No hace falta –respondió ella, ruborizándose todavía más.

Su confusión aumentó al darse cuenta de que iría sola hasta Barkland Grange.

–El jefe tenía que contestar a un montón de correos –le explicó Charlie–. Cosas de último momento. Por eso no ha venido en persona. Me ha pedido que me disculpe en su nombre.

–No pasa nada –murmuró Tavy mientras subía a la limusina gris con cristales tintados.

De hecho, se alegraba. Al menos podría ahorrarse un rato su compañía.

Charlie fue muy amable y le preguntó si la temperatura del coche le parecía bien y si quería o no escuchar la radio.

Ella le dijo que estaba bien y se preguntó cómo reaccionaría si le confesaba que lo que quería en realidad era volver a casa.

Pero no iba a hacerlo porque ella tenía la culpa de estar metida en aquel lío y no quería implicar a nadie más.

Pensó que sería solo una noche. Después, le diría a su padre que Jago Marsh y ella eran como el agua y el aceite, y que no volvería a salir con él.

Además, tenía que pensar en Patrick, con el que tenía que haber estado esa noche.

Se dijo que tenían que hablar en serio, que había llegado el momento de hacer pública su relación para que se enterase todo el mundo, en especial, su madre. Tenían que hacer planes de verdad para el futuro.

No sabía por qué, pero, de repente, todo aquello le parecía muy importante.

Nada más ver Barkland Grange se confirmó todo lo que había oído acerca de la mansión de ladrillos rojos y estilo georgiano, con su propio jardín de diseño y hasta una pequeña manada de ciervos pastando bajo los árboles.

Se sentó muy recta y miró por la ventanilla mientras el estómago le ardía de los nervios. Se maldijo por no haber encontrado una excusa, cualquiera, para haberse quedado en casa sana y salva, comiendo pollo con su padre.

Deseó que Jago hubiese tardado más de lo previsto en responder a su correspondencia.

Porque si no estaba allí, tendría la justificación perfecta para decir que no iba a esperar a que apareciese. Y si Charlie no la llevaba de vuelta a casa, utilizaría su dinero de emergencia para regresar.

Y entonces vio una figura oscura en las escaleras de piedra de la entrada principal y supo que no tenía escapatoria.

–Así que al final has venido –comentó él en tono divertido mientras le abría la puerta–. Me temía que una migraña, o un repentino resfriado causado por cierto baño te lo hubiesen impedido.

–Y yo me temía que fueses a pedirme un justificante médico –respondió ella, levantando la barbilla al entrar juntos en el hotel.

Jago la condujo hasta un bar con luz tenue y varias mesas rodeadas de pequeños y cómodos sillones, casi todos ocupados.

–Hay mucha gente –comentó Tavy, rezando en silencio porque no hubiese nadie conocido.

–Me han dicho que siempre está lleno los fines de semana –le dijo Jago.

Un camarero los condujo hasta una mesa que había en un rincón.

–He pensado que podíamos cenar en mi suite, pero creo que tú te ibas a sentir mejor en el comedor. Al menos, en la primera cita.

Tavy se puso muy recta.

–¿Tu suite? –repitió–. ¿Tienes una suite aquí?

—Sí —respondió él, que parecía muy cómodo con aquel traje negro y la camisa gris—. He estado yendo y viniendo varias semanas. He pensado que sería más fácil comprar la finca instalándome aquí, y este lugar me pareció el ideal. Además, tenías razón acerca de la comida.

—Ya lo conocías... y no lo dijiste. Me dejaste hablar...

—No me dio tiempo. Además, me sorprendió que me recomendases un sitio tan bueno y no un antro cualquiera. Y como eras tú la que me lo había sugerido, no sospecharías de que yo tuviese otros motivos.

Le hizo un gesto con la cabeza al camarero.

—He pedido que nos traigan unos cócteles de champán —añadió—. Espero que te gusten.

—Sabes perfectamente que es algo que no he probado en toda mi vida —respondió ella en un hilo de voz.

—En ese caso, me alegro de ser yo quien te los dé a conocer.

—¡Y esta no es nuestra primera cita!

Jago arqueó las cejas.

—¿Tienes la sensación de que ya nos conocíamos, de otra vida anterior, tal vez? Vaya, muy interesante.

—Sabes que no es eso lo que quiero decir —le dijo ella—. He venido porque no tenía elección. No sé por qué, pero mi padre piensa que eres un buen tipo. Yo no estoy de acuerdo. Y me gustaría saber cómo has conseguido tomarte una cerveza con él en la cocina.

—Muy sencillo —empezó él—. Había invitado a Ted Jackson a la finca esta mañana, para que me diese presupuesto para limpiarla. Al marcharnos, le pregunté quién era la bella pelirroja a la que había visto. Admito que me sorprendió la respuesta, así que decidí seguir solo con mis averiguaciones.

Llegaron las bebidas y cuando el camarero se hubo marchado, Tavy inquirió con incredulidad:

–¿Le preguntaste... a Ted Jackson?

–Sí. Quiero utilizar mano de obra local para la reforma, siempre y cuando sea posible. ¿Por qué? ¿No trabaja bien?

–Sí... eso creo. ¿Cómo voy a saberlo? A lo que me refería es que le preguntaste por mí.

–Es una manera útil de conseguir información.

–Se lo contará a su mujer –le dijo ella–. Y June Jackson es la mayor cotilla de la zona.

«Aunque no sabe que salgo con Patrick», pensó después. «Así que no es infalible».

Jago se encogió de hombros.

–Tal vez, pero Ted parecía mucho más interesado en devolver al jardín su antiguo esplendor.

–Hasta que su mujer le haga repetir toda la conversación que tuvo contigo –añadió Tavy amargamente–. Dios mío, qué desastre. Y si alguien se entera de lo de esta noche...

–Somos un hombre soltero cenando con una mujer soltera –dijo él–. Qué emoción.

–No es gracioso –lo reprendió Tavy, fulminándolo con la mirada.

–Ni tampoco es una tragedia, cielo, así que anímate –respondió él, mirando a su alrededor–. No hay paparazzi al acecho, ¿no?

–¿Piensas que no van a venir? ¿Que a la prensa no

le va a interesar el motivo por el que una estrella del rock quiere de repente convertirse en un hacendado de pueblo?

–Me gusta cómo suena. A lo mejor me dejo bigote.

–Lo mejor sería que te olvidases de todo –lo contradijo ella–, que volvieses a poner la finca a la venta y se la vendieses a alguien que pudiese contribuir realmente a la comunidad, en vez de hacerle daño solo porque quieres satisfacer tu deseo de tener una gran finca, que volverás a abandonar en cuanto te canses.

Tavy hizo una pausa.

–Supongo que eso fue lo que pasó con Descent.

–No –dijo él–. No exactamente.

Tomó su copa y tocó la de ella.

–Pero brindemos por los caprichos –dijo en tono irónico–. En especial, cuando surgen después de haber realizado una exhaustiva búsqueda. Voy a quedarme, cielo, así que tanto tú como el resto de los vecinos del pueblo tendréis que acostumbraros.

Se dio cuenta de que Tavy agarraba la copa con fuerza.

–Y que no se te ocurra tirarme eso, porque te advierto que respondería de la misma manera, causando así el escándalo que tanto deseas evitar. Mejor pruébalo, para que veas que está demasiado bueno para desperdiciarlo en un gesto sin sentido.

Ella dejó la copa y tomó su bolso.

–Creo que me voy a ir a casa.

–En ese caso, te seguiré –le advirtió él con voz sedosa–. Rogándote, posiblemente de rodillas, que me perdones públicamente por algún pecado cometido

en privado. Qué te parece si te digo: Vuelve conmigo, mi amor, aunque sea solo por el bien del bebé.
Eso sí que daría que hablar.

Ella lo miró fijamente y decidió que no podía
arriesgarse.

–Sabia decisión. Ahora, ¿por qué no empezamos
de cero? Muchas gracias por regalarme su compañía,
señorita Denison. Está muy guapa, debo de ser la en-
vidia de todos los hombres de este comedor.

–¿De verdad piensas que es eso lo que quiero oír?
–le preguntó ella con voz temblorosa, mirándolo a
los ojos.

–No. Así que será mejor que hablemos de la carta.
Y, por favor, no me digas que no vas a comer nada,
porque al mediodía tampoco has probado bocado. El
cocinero es magnífico. Tú misma me lo dijiste.

–Dime una cosa –susurró Tavy–. ¿Por qué estás
haciendo esto?

Él sonrió de oreja a oreja.

–Por capricho –le contestó–. Un capricho que me
resulta irresistible. Son cosas que pasan.

Y luego añadió:

–Y ahora que he satisfecho tu curiosidad, vamos
a ver qué podemos hacer por tu apetito. ¿Empezamos
con unas vieiras?

Capítulo 4

LAS VIEIRAS estaban deliciosas, a la plancha y con una salsa de langosta. Las chuletas de cordero también estaban exquisitas, acompañadas de crujientes patatas y unas judías verdes salteadas. Y el postre fue una rica mousse de chocolate.

Tal y como Jago comentó, una comida sencilla, pero preparada de manera maravillosa.

–Me han gustado más tus macarrones con queso –comentó sonriendo.

Y a Tavy le costó no devolverle la sonrisa y ser firme a la hora de no dejarse engatusar, tentar ni ganar. Porque ese parecía ser su plan.

No obstante, tuvo que admitir que el ambiente del restaurante estaba empezando a animarla. Los inmaculados manteles y la cristalería de todas las mesas. Las lámparas de araña. Las conversaciones en voz baja y alguna risa suave de otro comensal. Y, por supuesto, los expertos y atentos camareros, que la estaban tratando como a una princesa aunque su vestido debía de ser el más barato del salón.

Y su acompañante, el único que no iba vestido a la altura.

–Apuesto a que eres la única persona del país a la que dejarían entrar aquí sin corbata –comentó Tavy, dejando su cuchara porque no podía comer más–. ¿No te preocupa que puedan negarse a servirte? ¿O valoran tanto tu presencia que les da igual ese detalle?

–La respuesta a ambas preguntas es no –respondió él, frunciendo el ceño–. Y creo que me puse corbata una vez. Tendría que ver si todavía la tengo, si eso es tan importante para ti.

–En absoluto –dijo ella enseguida–. Era solo un comentario.

–A mí me parece todo un paso adelante –comentó Jago–. Ahora me toca a mí.

Hizo una pausa.

–He leído parte del libro de tu padre esta tarde. Al parecer, la finca tiene una historia bastante accidentada.

–Eso tengo entendido.

–Pero ahora está en buenas manos.

Ella apretó los labios.

–Ojalá me creyeses, Octavia –añadió él.

–En realidad me da igual –le respondió Tavy–. Y no tenía que haberte hablado como lo he hecho antes, lo siento.

«Y tú no tienes que llamarme Octavia...».

–No obstante, preferirías no haberte visto obligada a venir a cenar esta noche.

–Por supuesto.

–Porque tenías la esperanza de no volver a verme nunca jamás.

Ella se ruborizó.

–Sí, eso también.

–Y te gustaría que ambos olvidásemos nuestro primer encuentro.

–Sí –admitió–. Me encantaría.

–Es comprensible, pero, para mí, imposible. Siempre te recordaré emergiendo del agua cual Venus –le dijo–. Y me gustas con el pelo suelto.

Tavy sintió mucho calor. No solo por lo que Jago le había dicho, sino también por cómo la estaba mirando, como si su vestido y su ropa interior hubiesen dejado de existir. Como si lo único que la tapase fuese el pelo, cayendo sobre sus hombros. Como si supiese que tenía los pezones endurecidos debajo del sujetador.

Pero si bien su piel estaba ardiendo, su voz fue fría como el hielo.

–Por suerte, tus preferencias me son irrelevantes.

–Por ahora –añadió él, llamando a un camarero–. ¿Prefieres tomar el café aquí o en el salón principal?

Ella se mordió el labio inferior.

–Aquí, tal vez. Si nos levantamos, la gente te mirará. Observarán todo lo que hagas.

–Supongo que con la esperanza de que me ponga a destrozar el local, pero se van a llevar una gran decepción. Además, no soy el único que llama la atención. Hay un trío al otro lado del comedor que no te ha quitado la vista de encima.

Ella miró a su alrededor y se puso tensa. Era imposible.

Eran Patrick, su madre y Fiona Culham. No, no podía ser. Patrick no podía pagar esos precios, o eso le había dicho a ella. Y la señora Wilding jamás lo haría. Entonces, ¿qué estaba pasando? ¿Y qué hacía Fiona con ellos?

Cuando se dieron cuenta de que los estaba mirando, los tres apartaron la vista y empezaron a hablar. Tavy supo sin ninguna duda cuál sería el tema de conversación.

—¿Son amigos tuyos?

—Mi jefa —respondió ella—, su hijo y la hija de un vecino.

—Pues no tienen prisa por venir a saludarte. Llevan ahí por lo menos media hora.

—Ya, me temo que a partir del lunes tendré que buscarme otro trabajo —comentó ella con tristeza.

—¿Por qué?

—Creo que lo llaman confraternizar con el enemigo —le contó—. Porque ya sabes lo que piensa de ti la gente del pueblo.

—No todos —le dijo Jago—. Ted Jackson, por ejemplo, cree que soy como un regalo caído del cielo.

—Supongo que eso te reconforta —comentó ella, tomando su bolso—. Me parece que no voy a tomar café. Me gustaría marcharme, por favor, si en recepción me piden un taxi.

—No hace falta, Charlie te llevará a casa.

—Prefiero ir en taxi.

—¿Aunque te diga que tengo que trabajar y que no podré acompañarte? —preguntó él en tono de broma.

Ella dudó y Jago se sacó el teléfono del bolsillo.

—Charlie, la señorita Denison quiere marcharse.

Salieron juntos del comedor, Tavy consciente de que los estaban mirando. El coche la estaba esperando fuera y Charlie ya le había abierto la puerta.

Ella se detuvo y sintió frío de repente. Miró hacia el cielo y vio que había nubes, lo que sugería que el tiempo iba a cambiar. Como todo lo demás.

Se giró a regañadientes hacia el hombre que tenía al lado y clavó la vista en uno de los botones de su camisa. Suspiró.

–Ha sido una cena estupenda –comentó en tono educado–. Gracias.

–Sospecho que el placer ha sido todo mío –respondió él–, pero no siempre será así, Octavia.

Ella habría jurado que Jago no se había movido, pero de repente tuvo la sensación de que estaba demasiado cerca. Aspiró el olor de su piel y deseó retroceder, pero no fue capaz. No pudo evitar clavar la vista en su rostro moreno.

Y preguntarse, temerse, lo que Jago iba a hacer después.

–No, cariño, no voy a besarte –le dijo él–. Ese es un placer que reservaré para cuando estés más receptiva.

–En ese caso, puedes esperar sentado.

–Si es necesario, lo haré.

Dicho aquello, tocó uno de sus pendientes. Nada más, pero Tavy se estremeció como si le hubiese acariciado un pecho. Como si supiese exactamente cómo sería. Y lo deseó.

–Buenas noches, Octavia –se despidió él. Y se marchó.

Tavy se sentó en una esquina del coche y miró por la ventanilla. Todavía había algo de luz. Faltaba menos de un mes para que llegase el verano y, como decía todo el mundo, los días habían empezado a ser más largos. Casi interminables.

«Puedes esperar sentado...».

No tenía que haber dicho eso, pensó, estremeciéndose. Acababa de darse cuenta de que era como si lo hubiese retado.

No obstante, solo había querido dejarle claro que aquel juego tenía que terminar. Que, a partir de entonces, ella iba a mantener las distancias, fuese cual fuese la relación que Jago quisiese tener con su padre.

Con este también tendría que hablar, y lo haría nada más llegar a casa.

Tenía que convencerlo de que la noche había sido un desastre.

–La comida era buena –podría decirle–, pero la compañía no tanto, papá. Así que, si ese hombre está solo, entiendo el motivo.

Lo diría en tono neutro, pero firme al mismo tiempo.

Y, con un poco de suerte, allí se terminaría la historia.

Otro tema iba a ser la señora Wilding. Era muy mala suerte que su jefa hubiese decidido ir a cenar precisamente a Barkland Grange. Y, para rematar, lo había hecho en compañía de Fiona.

Además, todo el mundo se enteraría pronto que el nuevo dueño de la finca había preguntado por la pelirroja.

En resumen, que parecía estar pasando por una mala racha y esta había empezado con la llegada de Jago Marsh al pueblo.

Cuando llegaron a la vicaría, Charlie insistió en acercar el coche hasta la puerta.

–Nunca se sabe quién puede estar acechando entre los matorrales –le dijo muy serio–. La dejaré en la puerta.

–En Hazelton Magna no suele haber nadie acechando –le respondió ella–. Salvo su jefe.

Luego le dio las gracias y se bajó del coche, que
se alejó por el camino.

Pero cuando intentó abrir la puerta de casa, se dio
cuenta de que estaba cerrada con llave. Fue entonces
cuando se fijó en que todas las luces estaban apagadas. Tal vez hubiese habido una emergencia, alguien
gravemente enfermo, y su padre había ido a verlo,
como solía ocurrir con los feligreses de mayor edad
y, en ocasiones, con alguno joven también.

O tal vez su padre había pensado que ella regresaría muy tarde y había decidido meterse en la cama
temprano.

Entró en silencio, se quitó las sandalias y subió al
piso de arriba a investigar, y a ofrecerle a su padre
una taza de chocolate si todavía estaba despierto.

Pero la puerta de su habitación estaba abierta y la
cama, vacía.

Así que debía de haber ido a visitar a algún enfermo, se dijo Tavy, volviendo a bajar las escaleras.
Debía de haberse marchado un buen rato antes porque, al sacar la leche de la nevera, se dio cuenta de
que el pollo seguía allí.

Pensó que su padre volvería con mucha hambre y
revisó mentalmente los sobres de sopa que había en
casa. Decidió prepararle una.

Iba a hacerlo cuando oyó la llave en la puerta trasera y vio entrar a su padre. Su gesto no era serio y
triste, como solía ocurrir cuando había ido a ver a un
enfermo, sino más bien alegre.

–Hola, cariño. ¿Vas a cocinar? ¿Tan mal se come
en Barkland Grange?

–No, he visto que no habías cenado, así que te iba a preparar algo a ti.

–Ah, no hace falta, yo también he cenado fuera –le contó–. Me ha llamado Geoff Layton para contarme que su hijo le había mandado una cesta con comida como regalo de cumpleaños. Así que hemos jugado al ajedrez y hemos comido un delicioso pastel de cerdo.

Se tocó el estómago.

–Estaba buenísimo.

–Ah. Qué bien –le dijo ella, cerrando la nevera.

–¿Y qué tal tu cena?

–Bueno –respondió Tavy, echando leche en un cazo para calentarla–. Jago Marsh y yo no tenemos absolutamente nada en común, así que cuanto menos lo vea, mejor.

–Ah –dijo su padre–. Así que es cierto lo de que los polos opuestos se atraen.

–De eso nada –replicó ella, prefiriendo no pensar en cómo la había mirado Jago y en cómo había reaccionado ella cuando le había tocado el pendiente.

Sirvió la leche en dos tazas y añadió cacao. Era su ritual antes de acostarse.

Y quería mantenerlo. Quería seguir con la misma rutina de siempre e iba a mantenerla costase lo que costase. Ningún extraño recién llegado iba a cambiar eso.

–Todavía no puedo creerlo –le dijo Patrick–, pensé que estaba viendo visiones. ¿Se puede saber qué hacías?

–Cenar –respondió Tavy, preparando la masa para

hacer un pastel de carne para la comida del domingo–. Yo tampoco esperaba verte allí. Con Fiona.

–Su madre llamó a la mía –le explicó Patrick, poniéndose a la defensiva–. Le contó que estaba un poco decaída después del divorcio. Así que mamá pensó en llevarla a cenar.

–Qué bien.

–Además, era de mi grupo de amigos del instituto.

Un grupo al que Tavy no había pertenecido.

–Pero eso da igual. Supongo que comprenderás que mi madre se pusiese furiosa al verte. He tenido que convencerla para que no te despida.

«O a lo mejor se ha dado cuenta de que no va a encontrar a nadie que haga todo lo que hago yo por tan poco dinero», pensó Tavy con repentino cinismo, pero no lo dijo.

–Gracias –le respondió–, pero no habría sido necesario. Para empezar, porque tu madre no tiene por qué meterse en mi vida privada. Podías haberle dicho eso. Y, para continuar, porque anoche yo tenía que haber cenado contigo, no con él. ¿Y por qué no estaba allí con vosotros? ¿Cuándo le vas a contar lo nuestro?

–Estaba a punto –le dijo él–, pero ahora lo has estropeado. Tendré que esperar a que se le pase lo de Jago Marsh, y te aseguro que va a tardar un tiempo.

Patrick sacudió la cabeza.

–¿Qué opina tu padre de todo esto? –añadió.

–Nada –respondió Tavy–. No comparte vuestra mala opinión acerca del señor Marsh. De hecho, anoche también estaba invitado a cenar, pero tenía... otro compromiso.

Patrick suspiró.

–Tavy, tu padre es un buen hombre, uno de los mejores, pero no es precisamente una persona astuta. Podría salir muy mal parado de todo esto.

El hecho de que ella pensase lo mismo la puso todavía de peor humor.

–Gracias por preocuparte –le dijo–, pero no creo que vaya a cambiar a estas alturas. Ahora, si me perdonas, tengo que meter el pastel en el horno. Papá llegará en cualquier momento, y tiene un bautizo esta tarde.

–Tavy –le dijo Patrick–. Cariño, no quiero que discutamos por esto. Jago Marsh no lo merece.

–En eso estoy de acuerdo –admitió ella, cerrando la puerta del horno con fuerza–. A lo mejor también podrías convencer a tu madre de eso, para que nuestra relación pueda seguir avanzando.

Sacó unas zanahorias y empezó a pelarlas.

–Tienes que darte cuenta de que es... inadecuado, que te juntes con alguien así.

–¿Juntarme? –repitió ella–. Esa palabra no me gusta, pero si lo que quieres decir es que prefieres que no vuelva a cenar con él, no te preocupes, porque no tenía la intención de hacerlo. ¿Te parece bien? ¿Y a tu madre?

Después, añadió en tono frío:

–Además, mi comportamiento no ha sido inadecuado. Y Jago Marsh no es mi tipo.

–Y yo me he comportado como un idiota sin tacto y te he hecho enfadar –comentó Patrick en voz baja–. Lo siento, Tavy. ¿Por qué no nos olvidamos del tema y salimos a tomar algo esta noche?

Por un instante, se sintió tentada a aceptar.

Sonrió.

–¿Qué tal si lo dejamos para otro día? Hoy me apetece más quedarme en casa.

Cuando se quedó sola, pensó que tenía la sensación de necesitarlo, algo muy extraño en ella, que no le gustó.

El lunes por la mañana no tardó en darse cuenta de que la señora Wilding no se había olvidado en absoluto del tema. Su actitud fue gélida.

–Tengo que decirte, Octavia, que pensé que tu padre también estaría preocupado por el nuevo dueño de la finca, pero supongo que está dispuesto a aceptarlo sin conocerlo, cosa que me parece muy poco sensata.

Tavy recordó que la señora Wilding era un importante miembro del consejo parroquial, del que su padre estaba al frente, y se mordió la lengua.

Por suerte, no tuvo que ver a su jefa mucho más, porque se marchó del colegio a media mañana y volvió a media tarde, con los labios apretados y en silencio.

Firmó varias cartas y después le dijo a Tavy que podía marcharse a casa después de haberlas enviado.

Mientras pedaleaba de camino a casa, Tavy pensó que pasaba algo, pero que su jefa no había querido contárselo.

Estaba echando las cartas cuando vio salir de la oficina postal a June Jackson.

–Buenas tardes, señorita Denison –la saludó esta

en voz bajo, sonriendo con malicia–. Tengo entendido que tiene un admirador nuevo.

–Pues entonces ya sabe más que yo, señora Jackson –le respondió Tavy en tono frío–. Es increíble, las tonterías que cuenta la gente.

–Ah, ¿sí? –respondió la otra mujer–. Que yo recuerde, no hay nadie en el pueblo con el mismo color de pelo que tú. Y también tengo entendido que ha estado en la vicaría.

Tavy se volvió a subir a la bicicleta.

–A mi padre acuden a verlo muchas personas, señora Jackson. Es su trabajo.

Dicho aquello se alejó pedaleando, camino a casa.

Cuando llegó, oyó a su padre hablar por teléfono, parecía cansado.

–Sí, lo comprendo. Y ya imaginaba que ocurriría algo así. Hasta mañana entonces. Gracias.

Por un momento, Tavy dudó, se sintió tentada a entrar en el despacho y preguntarle qué ocurría, pero en su lugar anunció:

–Ya estoy en casa.

Y fue a la cocina a poner agua a calentar.

Estaba sirviendo el té cuando apareció su padre y apoyó un hombro en el marco de la puerta.

–Va a venir alguien de la diócesis a ver la iglesia y a hacer un informe.

–Seguro que no es la primera vez. Por eso creaste el fondo para su restauración, ¿no?

–Supongo que quieren ver si se ha deteriorado más la torre, y examinar el tejado. Al parecer, han oído que tenemos que poner cubos en el presbiterio cuando llueve.

–A lo mejor es que van a repararlo –dijo Tavy, tendiéndole una taza de té–. Qué buena noticia.

–Bueno, la esperanza es lo último que se pierde –contestó su padre, haciendo un esfuerzo por sonreír–. También podemos rezar. Voy a ver si encuentro los presupuestos de la última vez.

Tavy se sintió mal. Seguro que no había de qué preocuparse. La Santísima Trinidad tenía pocos feligreses, pero muy leales, y seguro que ayudaban a que se llevase a cabo la restauración.

Se dijo que tenía que hablar del tema con Patrick esa noche. Este le había enviado un mensaje a la hora de la comida para ver si se tomaban algo por la noche en el Willow Tree, un pub situado a las afueras de Market Tranton que era uno de sus lugares favoritos.

Y ella se alegraba de ir a verlo, porque así podrían arreglar las cosas del todo, pero tendría que ir hasta allí en autobús, que la dejaba a unos metros del pub. Porque, después del desastre del sábado, Patrick no querría ir a recogerla en su coche por si su madre se enteraba.

Tavy maldijo a Jago Marsh, le dio un sorbo al té y se quemó la lengua.

Al fin y al cabo, si no se hubiese visto obligada a salir a cenar con él, no habría tenido ningún problema con la señora Wilding y tal vez su relación con Patrick ya no tendría que ser el secreto mejor guardado del universo.

Por si fuese poco, estaba empezando a llover, así que tendría que ponerse un chubasquero encima del vestido que había planeado llevar y tendría que cambiar las sandalias por unos mocasines azul marino. «Siempre lo mismo», pensó con resignación.

Por otra parte, el precio de la gasolina le impedía pedirle a su padre que le prestase el Peugeot. Tenían que recortar gastos e intentaban hacerlo con alegría.

Por eso iban a cenar huevos esa noche, ya que su padre se había terminado el pastel de carne del día anterior en la comida, y sin hacer ningún comentario acerca de la masa, que habría servido para tapar los agujeros del tejado de la iglesia.

Su madre siempre había dicho que para hacer buenas masas había que tener las manos ágiles y el corazón tranquilo. Y en esos momentos Tavy no tenía ninguna de las dos cosas.

Así que volvió a decirlo, en esa ocasión en voz alta y con sentimiento:

—Maldito seas Jago Marsh.

Capítulo 5

HABÍA mucha gente en el pub cuando Tavy entró, pero no tardó en ver a Patrick en la barra, así que se quitó el chubasquero para lucir el vestido y se acercó a él sonriendo.

–Menudo día hace –comentó él–. Te he pedido un Chardonnay. Espero que te parezca bien.

–Bien –respondió ella, pensando que se le habría olvidado que prefería el Sauvignon blanco y molesta porque no le hubiese dicho nada del vestido–. ¿Qué te pasa?

–Nada, otro lunes horrible, supongo. Mira, allí se queda una mesa libre. Ve a ocuparla mientras me pido otra cerveza.

Tavy pensó que en la familia de Patrick todo el mundo debía de estar de mal humor los lunes.

Cuando este llegó a la mesa, ella le dijo:

–Creo que no ha sido buen día para nadie. Han llamado de la diócesis, van a volver a mirar la iglesia. Mi padre está preocupado.

–No me sorprende.

Ella se mordió el labio.

–Esperaba una respuesta más positiva –le dijo en voz baja.

–Me temo que eso es difícil, cuando lo que hace falta es dinero –respondió Patrick de manera brusca–.

Mi madre siempre ha dicho que reformar la Santísima Trinidad costaría una fortuna. Hace demasiado tiempo que está descuidada.

–Pero la culpa no es de papá –protestó Tavy–. Los problemas empezaron antes de que llegase, y está haciendo todo lo que puede para conseguir que la diócesis actúe. Tu madre debería saberlo.

–En estos momentos, tiene sus propios problemas –replicó Patrick–. Tú lo sabes mejor que nadie.

Tuvy suspiró y dio un sorbo a su vino con desgana. Era evidente que no iba a ser fácil arreglar las cosas con Patrick. Sobre todo, porque no podía contarle cómo había empezado la historia con Jago Marsh, ni por qué había tenido que aceptar su invitación a cenar.

En resumen, que lo mejor sería mantener la boca cerrada y esperar que Jago hiciese lo mismo, si no por ella, por el respeto que sentía por su padre.

Apoyó la espalda en la silla, escuchó el murmullo de conversaciones que había a su alrededor, la música de fondo y, poco a poco, empezó a relajarse y pensó que pronto llegaría esa sensación de felicidad que solía producirle Patrick.

Se oyó chirriar la puerta y entró una corriente de aire frío y húmedo y, de repente, se hizo el silencio.

Ella levantó la vista, sorprendida, y vio a todo el mundo mirando hacia la puerta. Y entonces supo quién acababa de llegar.

Iba vestido de negro, con unos vaqueros y una camiseta, sonriendo y saludando a todas las personas con las que se iba encontrando. Era evidente que era una estrella.

Fiona Culham iba a su lado. Llevaba un vestido morado muy bonito, muy a la moda, y estaba disfrutando con la situación.

Tavy vio a Jago mirar a su alrededor. Sus miradas se cruzaron, pero, por suerte, él siguió andando.

–Vaya por Dios –murmuró Patrick–. Lo que me faltaba.

A Tavy, por su parte, le parecía que era perfecto que Jago hubiese aparecido allí con Fiona. Porque eso significaba que no volvería a intentar jugar con ella.

Podía dejar de preocuparse y continuar con su vida, que era lo que quería.

–Hola –saludó Fiona–. Como de costumbre, está todo lleno. ¿Podemos sentarnos con vosotros?

Había espacio suficiente en la mesa, pero Tavy miró a Patrick y esperó a que este contestase. A que pusiese una excusa. Si era posible, que dijese que ellos ya se marchaban.

Pero entonces lo oyó murmurar con voz tensa:

–Por supuesto, sentaos.

–Gracias –respondió Fiona, ocupando la silla que había a su lado y echándose a reír con el inicio de una nueva canción–. Oh, alguien ha puesto *Easy, Easy*. Qué bueno.

Luego miró a Tavy y le dijo.

–Pobre Octavia. No tienes ni idea de lo que estoy diciendo, ¿verdad? Fue el primer éxito de Descent, cariño. El que los convirtió en grandes estrellas.

–¿Y ahora qué son? –preguntó Tavy con frialdad–. ¿Estrellas enanas?

–Bueno, al menos no se nos ha tragado un agujero

negro –comentó Jago, apareciendo de repente–. Aunque a muchas personas les gustaría que ocurriese. De hecho, voy a invitaros a champán para celebrar que estoy aquí.

Se sentó frente a ella y estiró las piernas, y Tavy tuvo que encoger las suyas para que no se tocasen. Él sonrió al darse cuenta.

–Champán gratis –repitió Fiona, echándose a reír y apoyando una mano en el brazo de Jago–. La cosa promete.

Hizo una pausa y luego añadió:

–Deberías hacer una fiesta de inauguración de la casa cuando te mudes a ella. Aunque mi padre opina que deberías derribarla y hacer construir otra. El edificio no tiene tanto valor.

–Es una opinión –respondió Jago en tono educado–, pero no estoy de acuerdo con ella.

Luego miró a Patrick.

–Hablando de amigos y vecinos, ¿nos presentáis?

–Por supuesto. Qué tonta –dijo Fiona–. Este es Patrick Wilding, un maravilloso contable. Su madre es la dueña de la estupenda escuela del pueblo.

Y luego añadió:

–Curiosamente, Octavia también tiene un trabajillo allí. Cuando no se está recorriendo el pueblo para hacer obras de caridad, por supuesto. Patrick, este es Jago Marsh.

–¿Qué tal? –dijo Jago, inclinándose hacia delante para ofrecerle la mano.

Patrick la aceptó a regañadientes y respondió en voz baja.

Tavy pensó que, en lo relativo a buenos modales,

Jago ganaba por el momento. En ese instante llegó la botella de champán y cuatro copas.

Jago empezó a llenarlas y ella le dijo:

–Yo ya estoy tomando vino, gracias.

Y entonces se dio cuenta de que había hablado como una colegiala remilgada.

–Pues no parece gustarte mucho –le respondió él, viendo que la copa estaba llena–. Toma esto.

–Yo no quiero, gracias –dijo Patrick–. Prefiero seguir con cerveza.

–Espero que al menos brindéis conmigo –les pidió Jago, levantando la copa–. Por los comienzos. Y por los nuevos amigos.

–Sí –dijo Fiona, levantando también su copa y sonriendo.

Tavy murmuró algo y luego miró a Patrick, que estaba respondiendo al brindis como si la cerveza se hubiese puesto ácida de repente.

Pero el champán estaba delicioso y ella volvió a apoyar la espalda en la silla y disfrutó de la canción, que tenía un ritmo intenso y primitivo, parecía un canto de dolor.

No era el tipo de música que a ella le gustaba, pero no pudo negar que le impactó.

Fiona estaba hablando con Jago.

–Debes de sentirte muy bien al escuchar esto y recordar el éxito que tuvo.

Él se encogió de hombros.

–Si te soy sincero, tengo la sensación de que ha pasado muchísimo tiempo.

–Entonces erais noticia. Todo el mundo quería saber de vosotros.

–Cierto. Y lo que no averiguaban, se lo inventaban.

–¿Y el nombre de la banda? Tengo entendido que queríais llamaros de otra manera, pero que alguien lo escribió mal en vuestro primer contrato y se quedó así –comentó Fiona riendo.

–Me temo que no es cierto –respondió Jago en voz baja–. Pete Hilton, el bajista, y yo, habíamos estudiado la *Eneida* de Virgilio en el instituto, y sacamos el nombre del Libro VI, donde el oráculo dice: *Facilis descensus Averno*. Es fácil el descenso al Averno y pocos consiguen volver de él.

Hizo una pausa y luego añadió:

–Lo que no menciona es que, en ocasiones, los demonios que encuentras en él hacen el viaje de vuelta contigo.

Tavy lo miró fijamente. Algo en sus palabras había hecho que se le erizase el vello de la nuca.

–¿Estudiaste latín? –preguntó Fiona evidentemente sorprendida.

–Lo hicimos todos en mi instituto –respondió él–. Incluido tu marido, que estaba en el mismo curso que yo.

No era habitual ver a Fiona Culham desconcertada, y a Tavy le encantó.

–Ah –balbució por fin–. Te refieres a mi exmarido, claro. No sabía que hubieseis estudiado juntos.

–Es normal.

La música terminó y se oyeron aplausos.

Jago miró a Tavy.

–¿Qué piensa de la canción, señorita Denison?

–No mucho, supongo –respondió Fiona en su lugar–. Octavia solo escucha cantos religiosos.

–Es una buena jueza –comentó Jago–. Además, ¿por qué va a tener el demonio las mejores melodías?

–Lo tuyo no me parece una melodía –dijo Tavy en voz baja–. Era como si estuvieseis demasiado enfadados. Me ha hecho sentir incómoda. Pero supongo que esa era la intención.

Hubo un extraño silencio, y entonces Patrick dijo:

–Voy por otra cerveza.

Y se marchó.

–Perdonadme a mí también –comentó Fiona–. Tengo que empolvarme la nariz.

Y dejaron a Tavy a solas con Jago Marsh, en un silencio que, de repente, era casi tangible.

Este fue el primero en romperlo.

–Así que no es solo el hijo de tu jefa, ¿no?

–No –respondió Tavy casi sin aliento, consciente de que Jago la estaba recorriendo con la mirada.

Era como si estuviese recordando la primera vez que la había visto y disfrutando del recuerdo.

Ella deseó casi desesperadamente ir menos escotada, haberse recogido el pelo en vez de llevarlo suelto.

Y que entre ambos hubiese algo más que la mesa de un pub.

Muy a su pesar, no pudo evitar sentir deseo. «No dejes que te haga eso», se advirtió.

–Tenemos una relación –añadió.

Él asintió.

–¿Y qué le parece eso a tu jefa?

–¡Eso no es asunto tuyo!

–Vaya, así que no le hace ninguna gracia.

–De eso nada, pero prefiero no hablar del tema.

«En especial, contigo...».

Él no dejó de mirarla.

—¿Y cómo de seria es la relación, o tampoco puedo preguntarlo?

Ella notó que se ruborizaba.

—La verdad es que no.

—Eso confirma mis sospechas —murmuró Jago.

—No tienes derecho a sospechar nada —replicó ella—. Ni a hacer ningún tipo de especulación acerca de mi vida privada.

—Vaya, tengo la sensación de que me estás regañando.

—¿Me puedes decir por qué has venido esta noche al Willow Tree?

—En caso de que temas que te esté siguiendo, te diré que ha sido la exseñora Latimer la que ha sugerido que viniésemos aquí. Esta mañana ha venido con su padre a la finca, a presentarse, y le he preguntado si quería que tomásemos algo juntos.

Jago hizo una pausa.

—¿Ves? Mi vida, al contrario que la tuya, es como un libro abierto.

—Un libro que yo prefiero no leer —le dijo ella, viendo aliviada que Patrick estaba volviendo a la mesa—. Como también prefiero que mantengamos las distancias en un futuro.

—Tal vez sea complicado —comentó él pensativo—. Hazelton Magna es un pueblo pequeño. Además, Octavia, tú fuiste la primera en venir a mí, por si no te acuerdas.

Ella dio un trago a su copa de champán porque, de repente, se le había hecho un nudo en la garganta.

–No creo que lo pueda olvidar –admitió.

–Entonces, ya tenemos algo en común –murmuró él, levantándose porque Fiona volvía también.

Después de aquello, las cosas fueron de mal en peor. Para satisfacción de Fiona, Jago pidió otra botella de champán cuando la primera se hubo terminado.

Tavy intentó hacerle alguna señal a Patrick para que se marchasen, pero este no se dio cuenta y fue a la barra por otra cerveza.

Lo que significaba que esa noche no podría conducir. Tavy se miró el reloj con disimulo e intentó recordar a qué hora pasaba el último autobús.

Nunca había visto beber tanto a Patrick. Tenía que haber intentado averiguar antes qué era lo que lo había puesto de tan mal humor, pero ya era demasiado tarde.

Fiona estaba hablando de las fiestas a las que había ido en Londres, de estrenos de cine y de teatro. Mencionó a varias personas famosas con el objeto de ponerse al mismo nivel que Jago, pero no tuvo mucho éxito.

Este la escuchó educadamente, pero le explicó que, desde que el grupo se había separado, él había estado viajando por el extranjero y estaba desconectado de todo aquel mundo.

–He leído que a lo mejor volvéis a reuniros. Eso sería maravilloso, ¿no?

–Yo también lo he leído –le confirmó Jago–. Son solo especulaciones. Ahora nuestras vidas han tomado otro rumbo.

–Tonterías –intervino Patrick en tono beligerante–.

Si os ofreciesen el dinero suficiente, mañana volveríais a estar de gira.

Tavy apoyó una mano en su brazo.

–Creo que deberíamos irnos.

–No –le dijo Patrick–. Quiero que lo admita.

Jago bajó la vista a la mesa y se encogió de hombros.

–Vale, lo que tú digas, amigo.

–No soy tu amigo –replicó Patrick–. Vas a necesitar un par de millones más para hacer habitable ese vertedero que has comprado.

–Por cierto –intervino Fiona–, tengo una lista de decoradores de interior maravillosos que utilizaron algunos amigos míos en Londres. Ya te la daré.

–Gracias –respondió Jago–, pero he decidido contratar solo a empresas locales.

–Es la bondad personificada –murmuró Patrick.

Jago apretó los labios, pero no respondió, solo se giró e hizo un gesto. Y Tavy vio cómo Bill Taylor, el dueño del pub, se acercaba a ellos.

–Bueno, señor Wilding –le dijo de manera educada, pero firme–. Yo creo que ya se ha terminado la velada por hoy. Mi esposa le está llamando un taxi, así que deme las llaves del coche y ya vendrá por él mañana por la mañana. Lo pondré en la parte trasera, con el mío.

–Puedo conducir –dijo Patrick–. Puedo conducir perfectamente.

Él otro hombre sacudió la cabeza.

–Lo siento, señor, pero no puedo permitirlo. Si le ocurriese algo, o si le parase la policía, me afectaría a mí y al buen nombre de mi local.

Luego miró a Tavy.

–Me aseguraré de que tú también vuelvas a casa sana y salva.

–No se preocupe por mí –respondió ella, sintiéndose humillada–. Voy a tomar el autobús.

–De eso nada –intervino Jago–. Yo llevaré a la señorita Denison a casa.

Tavy separó los labios para protestar.

–Y no es negociable –añadió él.

A ella le parecía bien, pero pensó que Fiona se iba a enfadar porque le habían estropeado la noche.

Entonces la miró y se dio cuenta de que estaba con la vista clavada en Patrick, que estaba encorvado y con el rostro enrojecido.

El gesto de Fiona era casi triunfante y a Tavy la sorprendió. ¿Por qué?

Fue un trayecto incómodo, con Charlie al volante y los demás sentados en la parte trasera del coche, Jago en el medio. Había mucho espacio, pero Tavy intentó pegarse lo máximo posible a la puerta y miró por la ventanilla, intentó incluso no escuchar lo que los otros estaban hablando.

También habría ido más relajada si el coche no hubiese olido a él. Aunque lo más peligroso en esos momentos era que su muslo la tocase.

–Ted Jackson –estaba diciendo Fiona en tono reprobador–. Ojalá hubieses hablado con papá antes de contratarlo. Su mujer es la más cotilla del pueblo y Ted le va a la zaga. Con él, no podrás tener ningún secreto.

–No tengo secretos –comentó Jago–. La prensa diseccionó toda mi vida cuando todavía formaba parte del grupo.

–Dicen que te peleaste con Pete por una mujer.

–Ya lo sé –dijo él–, pero prefiero olvidarme del pasado y centrarme en un futuro irreprochable.

–Qué aburrido –le dijo Fiona riendo–. Todo el mundo necesita tener algún oscuro secreto.

–¿Incluso Octavia?

Tavy supo que estaba sonriendo y tuvo que morderse el labio inferior.

–Oh, no –respondió Fiona–. La hija del vicario nunca hace nada mal. Es un ejemplo para todos nosotros.

–Qué decepción –observó Jago–. De todos modos, las personas como los Jackson pueden ser muy útiles. Al menos, para un recién llegado. Te enteras de muchas cosas en poco tiempo.

–Bueno, en cualquier caso, no le pidas que te haga una piscina. Tuvimos muchos problemas con la nuestra y al final papá lo despidió y contrató a otra persona para que terminase el trabajo.

–Lo cierto es que no tenía pensado construir una piscina.

–Deberías hacerlo. Hay un enorme porche techado en un lateral de la casa. Sería el sitio ideal.

–Tengo otras ideas –dijo él–. Y si quiero nadar, está el lago.

–¡Qué dices! El lago es asqueroso.

–Pues a mí me parece que tiene mucho encanto. Y cuando esté limpio, pretendo utilizarlo en compañía de su diosa desnuda, por supuesto –añadió.

Tavy no pudo evitar pensar que era un cerdo y preguntarse cuántos huesos se rompería si abría la puerta y saltaba del coche en marcha.

Por otro lado, no podría ir muy lejos y era cierto que sería la primera en bajarse. Así dejaría a Jago y Fiona solos, para que pudiesen hacer... lo que quisiesen.

Entonces se dio cuenta de que Charlie había girado hacia la izquierda, en dirección de Hazelton Parva y se maldijo.

–Entrarás a tomarte un café, ¿verdad? –le dijo Fiona a Jago cuando el coche se detuvo delante de su casa–. Tú también, Octavia.

Jago negó con la cabeza.

–Lo siento, pero no puedo. Mañana tengo una reunión en Londres muy temprano.

–Bueno, supongo que te perdono –dijo Fiona antes de bajarse del coche.

Charlie le había abierto la puerta y Jago la acompañó hasta la entrada de la casa.

Tavy volvió a girar la cabeza para mirar por la ventanilla. Prefería no ver si Jago Marsh besaba a Fiona Culham. Por un lado, no era asunto suyo. Por otro...

Prefirió no darle más vueltas al tema.

Se puso tensa al darse cuenta de que Jago volvía al coche y se le aceleró el corazón.

–¿Estás bien? –le preguntó él, sentándose a su lado.

–Sí –respondió–. Bueno, no. No debería estar aquí. Tendría que haberme quedado con Patrick.

Hubo un silencio y después Jago añadió:

–Tu lealtad es encomiable, pero dudo que esta noche te hubiese hecho bien estar con él.

–Eres un canalla –le espetó Tavy.

–No. Solo soy práctico. ¿Se emborracha con frecuencia?

–No. Y solo se había tomado unas cervezas. No lo entiendo.

–También se había tomado unos chupitos de whisky en la barra.

–No puede ser.

–Pregúntale al dueño, fue él quien me advirtió lo que estaba pasando cuando pedí la segunda botella de champán.

–¿Y por qué te lo dijo a ti?

–Imagino que para evitar problemas.

–Ya era demasiado tarde –le dijo ella–. Porque tú eres la fuente del problema. Todo empezó cuando llegaste. Cuando decidiste comprar la finca.

Tavy respiró hondo, estaba nerviosa.

–La señora Wilding, la madre de Patrick, tiene miedo de quedarse sin alumnos cuando corra la voz de que has venido a vivir al pueblo. Esa gente no quiere que sus hijos estén expuestos a una influencia como la tuya. Habrá fiestas, alcohol, drogas.

–Te has dejado el sexo –comentó Jago–. Aunque supongo que también forma parte de la lista de objeciones a mi presencia aquí.

–¿Y te sorprende? –replicó Tavy.

–No, cría mala fama y échate a dormir, a pesar de que tu padre me ha dado su benévolo apoyo.

Hizo una pausa.

–Tal vez debería corroborar la horrible opinión que tienes de mí.

La agarró para apartarla de la puerta y la apretó contra su cuerpo.

Sus labios expertos la besaron suavemente al principio, y con más firmeza después.

Tavy apoyó las manos en su pecho para apartarlo, pero se le quedaron atrapadas entre los cuerpos de ambos, sintiendo su calor y los fuertes latidos de su corazón.

Tenía que resistirse a él y a aquella traicionera ola de calor que estaba creciendo en su interior. Y sabía que tenía que hacerlo cuanto antes.

Pero ya era demasiado tarde porque Jago acababa de soltarla y se había apartado de ella. Fue entonces cuando Tavy se dio cuenta de que el coche se había detenido y que Charlie estaba rodeándolo para abrirle la puerta.

Salió aturdida y respiró hondo, decidida a meterse en casa y alejarse de su acosador.

Pero Jago iba a su lado, con la mano apoyada en su brazo.

Cuando llegaron al porche le dijo:

–Te voy a dar un consejo, cariño. Cuando decidas por fin entregar tu virginidad, dásela a un hombre que esté al menos lo suficientemente sobrio como para poder valorarte.

Ella se zafó y lo fulminó con la mirada.

–Eres un cretino. ¿Cómo te atreves a hablarme así? No vuelvas a tocarme en tu vida. No te acerques más a mí.

–Qué lenguaje. Espero que no te haya oído nadie de la brigada moral.

Tavy se di la media vuelta y buscó la llave en el bolso. Oyó alejarse al coche e intentó tranquilizarse antes de ver a su padre.

Cuando por fin hubo cerrado la puerta tras de ella, gritó.

–Hola, ya estoy aquí.

Pero no obtuvo respuesta y volvió a darse cuenta de que las luces estaban apagadas.

Al parecer, estaba sola en casa, así que dejó de controlar sus emociones y se puso a llorar desconsoladamente.

Capítulo 6

TAVY pasó una noche horrible y, cuando el despertador sonó a la mañana siguiente, intentó entender el comportamiento que Patrick había tenido la noche anterior y se sintió fatal.

Aunque lo cierto era que lo que le había impedido dormir era la inoportuna respuesta de su cuerpo al beso de Jago Marsh.

Lo cierto era que, por un instante, no había querido que dejara de besarla.

Se dijo a sí misma que la había pillado desprevenida, pero que no volvería a ocurrir.

Cuando llegó al colegio, la señora Wilding la estaba esperando con impaciencia.

—Ah, aquí estás, Octavia —le dijo, como si hubiese llegado diez minutos tarde, en vez de cinco minutos pronto—. Quiero que ordenes la biblioteca esta mañana. Yo tengo que salir.

Tavy ya había ordenado la biblioteca al final del trimestre anterior, pero no se molestó en decirlo.

—Sí, señora Wilding.

Tal y como había supuesto, la biblioteca estaba muy ordenada, así que no tardó en volver a su pequeño despacho y se preguntó qué más podía hacer, además de escuchar la radio procedente del despacho de la enfermera.

Casi sin querer, tecleó en el ordenador la palabra Descent.

Tomó aire al darse cuenta de que había muchísimas entradas. Bajó por la página y se encontró con una fotografía de Jago sonriéndole, sentado en un escalón, con una lata de cerveza en la mano. A su lado había otro chico que estaba serio. Ambos tenían el torso desnudo y llevaban pantalones vaqueros.

Por un instante, se sintió agitada. Entonces hizo clic en la historia del grupo y empezó a leer acerca de sus comienzos y de sus múltiples escándalos relacionados con fiestas, comportamientos salvajes, alcohol y, según se dejaba entrever, también drogas.

Había más fotografías con chicas. Tavy reconoció a algunas modelos y actrices, a músicas. Muchas de ellas abrazadas a Jago.

Los textos iban acompañados por fragmentos de las canciones de Descent, a las que se podía acceder con un solo clic.

Fue como si Tavy acabase de descubrir que había vida en otros planetas.

Se dio cuenta de lo protegida que había estado en Hazelton Magna de aquel mundo y de por qué había personas en el pueblo que no querían tener a Jago allí.

Quiso dejar de leer, pero no pudo. Necesitaba saberlo todo, como si eso fuese a permitirle entender lo inexplicable.

«En ocasiones, los demonios que encuentras en él hacen el viaje de vuelta contigo».

Volvió a estremecerse solo de pensar en sus palabras.

El grupo se había disuelto tres años antes, al parecer, por desavenencias artísticas, pero después se habían vuelto a reunir con la intención de hacer una gira por el Reino Unido. No obstante, esta no había llegado a celebrarse porque Pete Hilton se había marchado repentinamente, se rumoreaba que porque había discutido con Jago Marsh. Después de aquello, los miembros del grupo se habían dispersado, según el artículo, para perseguir otros intereses.

«Como comprar casas de campo medio derruidas», pensó Tavy. A la que el artículo no había tranquilizado lo más mínimo, sino todo lo contrario.

Lo que necesitaba en esos momentos era ocupar su mente en otra cosa. Como no había correspondencia, decidió ordenar el armario donde estaba el material de oficina para ver si había que comprar algo.

Y para demostrar su eficiencia, se dijo, haciendo una mueca.

Para su sorpresa, el armario estaba cerrado, pero sabía que había una llave en el cajón del escritorio de la señora Wilding. Así que la buscó y abrió la puerta.

Ordenó cada una de las estanterías con cuidado y se dio cuenta de que hacían falta listas de uniformes y hojas con el membrete del colegio. Se estaba arrodillando, examinando una caja con sellos viejos que había ido a parar al fondo del armario, cuando una voz gélida le preguntó:

–¿Se puede saber qué estás haciendo?

Tavy se giró y vio a la señora Wilding detrás de ella, fulminándola con la mirada.

–Comprobar si hace falta algo de material de oficina, hacía tiempo que no lo miraba.

–Pero el armario estaba cerrado con llave.

–La he buscado en su cajón.

–Bueno, pues, en un futuro, haz solo lo que yo te diga.

Tavy vio cómo la señora Wilding volvía a cerrar el armario con llave y se metía esta en el bolso.

–He hecho una nota de las cosas que hacen falta, señora Wilding –comentó ella en voz baja–. ¿Se la dejo con la lista de libros de la biblioteca?

–Me parece bien –respondió la otra mujer–. No voy a necesitarte más hoy, Octavia. Puedes marcharte a casa.

En otras circunstancias, a Tavy le habría encantado tener la tarde libre, pero tuvo la sensación de que la estaban echando por haber hecho algo mal, cuando solo había intentado hacer su trabajo.

–Gracias –consiguió decir en tono educado antes de recoger sus cosas y marcharse.

Iba con su bicicleta por el camino cuando vio acercarse en dirección al colegio un enorme Land Rover con Norton Culham al volante.

Tavy no recordaba haberlo visto nunca allí, así que la sorprendió. Lo que sí le pareció normal es que él no se fijase en ella.

Siguió su camino y pasó por delante de la iglesia, donde vio que había aparcado un coche que no le resultaba familiar. Recordó que iba a ir alguien de la diócesis y se dio cuenta de que se le había olvidado desearle suerte a su padre.

Al acercarse á la vicaría, vio algo apoyado en la puerta. Sorprendida, descubrió que se trataba de dos docenas de rosas rojas.

Las tomó con cuidado e inhaló su exquisito aroma. Luego quitó el sobre del celofán exterior y sacó la tarjeta: *Prenda de paz*. Era lo único que decía.

No ponía el nombre de la persona que las había enviado, pero no hacía falta.

–Patrick –murmuró.

En vez de llamarla, le había enviado unas flores para pedirle perdón.

Tavy entró en casa y llevó las flores a la cocina para colocarlas en un jarrón, tal vez en dos.

Entonces sacó su teléfono móvil y, por primera vez, llamó a Patrick al trabajo.

–¿Tavy? –preguntó sorprendido y nada contento–. ¿Qué pasa? No es buen momento, tengo a un cliente esperando.

–Quería darte las gracias, decirte que son preciosas y que estoy emocionada.

Hubo una pausa.

–No sé de qué me hablas –dijo Patrick por fin.

–De tu prenda de paz –le explicó ella–. Las flores que me has enviado.

–¿Flores? –inquirió él–. Yo no te he enviado flores. Se han debido de equivocar. Ahora, tengo que dejarte. Luego te llamaré.

Patrick colgó el teléfono y ella se quedó inmóvil, como aturdida.

–No –dijo por fin–. No puede ser verdad. No pueden ser de... él.

Así que tomó las flores y salió de casa para llevarlas hasta donde estaban los contenedores de basura, donde las tiró.

Después volvió a la cocina, a preparar unas tortillas para comer y un pastel de carne para la cena.

Estaba friendo la carne con la cebolla y la zanahoria cuando llegó su padre.

–Qué sorpresa más agradable –comentó al verla, haciendo un esfuerzo por sonreír.

–Me han dado la tarde libre –respondió Tavy.

–Tenemos visita –añadió su padre.

Tavy esperó ver al inspector de la diócesis, pero en su lugar apreció Jago Marsh en la puerta, con las rosas que ella había tirado unos minutos antes en las manos.

–Y un misterio –añadió el vicario–. Porque nos hemos encontrado estás preciosas flores en el contenedor de basura.

–Las he encontrado en la puerta al llegar a casa –dijo ella–, pero es evidente que ha sido un error, así que las he tirado.

–Es una pena –dijo su padre–. Podríamos intentar encontrar a su destinatario, aunque, por desgracia, no llevan ninguna tarjeta.

Eso era porque estaba en el bolsillo de Tavy.

–A lo mejor son de alguien que no las quería –comentó.

–Ah, una muestra de amor no correspondido, tal vez. Qué pena. En ese caso, las llevaré a la iglesia –sugirió–. Jago ha venido a devolverme el libro que le presté. Mira a ver si lo convences para que se quede a comer, cariño.

Su padre salió de la cocina y cerró la puerta tras de él. Y ella volvió a quedarse a solas con Jago.

–Entonces, ¿prefieres guerra en vez de paz? –le preguntó este, rompiendo el silencio.

Ella levantó la barbilla.

–¿Acaso lo dudabas?

Él sonrió.

–Solo fugazmente.

–Pues ni lo sueñes –replicó Tavy, empezando a batir los huevos–. Y tampoco te voy a invitar a comer, por si acaso tenías alguna esperanza.

–No suelo ser demasiado optimista, la verdad. Despídete de tu padre y dile que ya nos veremos.

Tavy pensó que ella no estaría allí cuando eso sucediese.

–¿Se ha marchado Jago? –preguntó su padre unos minutos después, parecía decepcionado.

–Sí. Tenía cosas que hacer, ya sabes –le dijo ella–. Cuéntame, ¿qué tal la reunión?

–Mal –admitió él–. Me temo que tengo malas noticias.

Tavy dejó los huevos para preparar dos tazas de té. Se sentó junto a su padre a la mesa y le agarró la mano.

–Supongo que es el tejado.

–Es una parte del problema, sí. Hay que cambiarlo entero, no se puede reparar –le contó su padre–, pero la torre está todavía peor.

–¿Y qué sugiere el inspector?

–Que continuemos como estamos hasta que el obispado tome una decisión. Tal y como ha dicho, es solo una iglesia más, no tiene ningún valor especial. Y, además, la congregación es pequeña.

Respiró hondo.

–Sospecho que el obispo quiere cerrarla.

–No puede hacer eso –protestó Tavy–. Es una parte muy importante de la vida del pueblo.

Su padre sacudió la cabeza.

–Ya ha ocurrido con otras iglesias de la diócesis que tenían problemas similares –comentó suspirando–. Y ya sabes que el obispo y yo pensamos de manera muy distinta.

–¿Tendremos que marcharnos de esta casa? –preguntó Tavy.

–Probablemente. En realidad, me temo que vale más que la iglesia. Es probable que me manden a Market Tranton.

Tavy llevó las tortillas a la mesa y dijo:

–Papá, tenemos que evitar que cierren la iglesia. Intentaremos recoger fondos para la restauración.

–Yo pienso lo mismo, pero no sé por dónde empezar –admitió él, sacudiendo la cabeza–. Lo que necesitamos es un filántropo millonario, pero últimamente escasean por la zona.

Ella pensó en uno que iba a gastarse miles de libras en reformar una casa de campo. Lo maldijo y deseó no haberlo conocido nunca.

–Octavia, cariño –le dijo su padre–. Sé que tenemos que pelear, pero, por un momento, tu mirada ha sido asesina.

–¿No me digas? –preguntó ella sonriendo–. Debía de estar pensando en el obispo.

Capítulo 7

CUANDO recomenzaron las clases en el colegio, Tavy todavía tenía la sensación de que el incidente del armario no se había solucionado.

Aunque, en realidad, aquella era la menor de sus preocupaciones. Durante el día, la vuelta de los niños la mantuvo ocupada.

Las noches eran distintas, no podía evitar darle vueltas a todo.

Su principal preocupación era, por supuesto, la Santísima Trinidad y el informe del inspector.

Su padre estaba casi tan callado y preocupado como después de la muerte de su esposa. Era como si se hubiese apagado una luz en su interior.

Cuatro años antes, Tavy había tomado la decisión que le había parecido correcta, pero, de repente, ya no estaba tan segura. Se sentía asustada y también confundida.

Y Patrick formaba parte de aquella confusión. No había vuelto a tener noticias de él.

En el pueblo, todo el mundo hablaba de la reforma de Ladysmere Manor.

Jago Marsh no había estado allí en toda la semana, pero Tavy no había podido evitar pensar en él.

Casi le daba vértigo pensar que, solo un mes antes, ni siquiera había sabido de su existencia y había tenido una vida tranquila y segura, ajena a la existencia del sexo, las drogas y el rock and roll.

En esos momentos, solo podía admitir que, en ocasiones las cosas cambiaban de repente, irrevocablemente.

A lo mejor sería ella la primera en marcharse de allí, a buscar otra vida y otros retos.

O tal vez Patrick la tomase en sus brazos y le dijese que iba a quedarse con él.

Pero eso tampoco la reconfortó.

No obstante, el sábado se alegró de tener que trabajar solo por la mañana.

De camino al colegio recordó que había querido ser profesora, pero eso había sido antes de que el destino le hubiese estropeado los planes.

Aunque tal vez volviese a considerarlo si sus circunstancias cambiaban.

Al sentarse a su escritorio vio, sorprendida, que no había correspondencia esperándola.

La puerta del despacho de la señora Wilding estaba cerrada, pero Tavy la había oído hablar dentro, probablemente por teléfono. Decidió que iría a la sala de profesores y les preguntaría qué pensaban de que retomase los estudios.

Iba por el pasillo cuando oyó que se abría una puerta a sus espaldas.

—Octavia, necesito hablar contigo —anunció la señora Wilding.

Una vez en su despacho, le hizo un gesto para que se sentase.

–Voy a ser clara contigo –empezó–. Tengo que decirte que he dejado de estar satisfecha con nuestro acuerdo.

–¿Nuestro acuerdo?

–Tu trabajo aquí como secretaria –añadió la otra mujer–. Así que he decidido terminarlo.

–¿Quiere decir... despedirme? –preguntó ella con incredulidad–. ¿Por qué?

–Porque la naturaleza del trabajo va a cambiar –le explicó la señora Wilding–. Voy a ampliar el colegio y necesito a alguien con quien pueda trabajar codo con codo, o que incluso pueda ocupar mi lugar en ocasiones.

–¿Y yo no estoy cualificada? –dijo Tavy, haciendo un esfuerzo para que no le temblase la voz.

–Te esfuerzas, Octavia, pero no es suficiente. Además, me han dicho que los días de la Santísima Trinidad están contados, por lo que es un buen momento para que tú también cambies de trabajo.

–Entiendo –respondió ella, poniéndose en pie–. Aunque supongo que querrá que me quede hasta el final del trimestre.

–Lo cierto es que no. Lo mejor será que recojas tus cosas ahora –le dijo la señora Wilding, tendiéndole un sobre–. Te he firmado un cheque y te he hecho también una carta de recomendación.

Hizo una pausa y sonrió.

–Por supuesto, te deseo todo lo mejor para el futuro, Octavia, sea lo que sea lo que te depare. Aunque tenías que haber sabido desde el principio que tu futuro no estaría aquí.

En ese mismo instante, Tavy supo que se estaba

refiriendo a Patrick. Era probable que su jefa lo hubiese sabido todo desde el primer día y que hubiese decidido ponerle fin desde el principio. Y había elegido aquel momento para hacerlo.

Tavy deseó poder romper el sobre y tirárselo a la cara, pero la humillante verdad era que no podía permitírselo. Necesitaba tanto el dinero como la recomendación.

No tenía mucho que recoger en su minúsculo despacho, y cuando salió de él la señora Wilding la estaba esperando como si fuese necesario escoltarla hasta la puerta. Tavy se quitó el bolso del hombro y se lo enseñó.

—Si quiere mirar lo que llevo y asegurarse de que no he metido ni un clip que no sea mío —le sugirió, levantando la barbilla de manera desafiante.

—No seas insolente, Octavia. Aunque tu actitud me confirma que debía prescindir de tus servicios.

La señora Wilding la condujo hasta la puerta trasera y la cerró tras de ella.

Mientras tomaba su bicicleta, Tavy pensó, aturdida, que acababa de quedarse sin trabajo. Y que pronto estaría también sin novio... y sin casa.

Al llegar a la puerta del jardín, se preguntó si Patrick sabría lo que había hecho su madre. ¿Sería el motivo por el que no la había llamado en toda la semana? Le parecía imposible que no la hubiese avisado.

Aunque ya no sabía qué pensar.

Entonces se dijo que si volvía a su casa a esas horas, su padre, que estaría inmerso en su sermón, se daría cuenta de que algo iba mal. Y ya tenía suficientes preocupaciones. Ya se lo contaría en otro momento más adecuado. El lunes iría a Market Tranton a ver si encontraba otro trabajo.

Pero en esos momentos necesitaba esconderse en algún sitio, y solo se le ocurrió la iglesia.

Aparcó la bicicleta en el porche y abrió la puerta, que nunca estaba cerrada con llave por el día. Allí podría tranquilizarse y ordenar sus ideas.

Se sentó a un lado y respiró hondo. Sintió ganas de llorar y cerró los ojos con fuerza y apoyó el hombro en la columna que tenía al lado.

–¿Estás bien? –le preguntó una voz.

La voz de la última persona en el mundo a la que le apetecía ver u oír.

A regañadientes, se puso recta y se obligó a mirar a Jago Marsh, que ese día no iba de negro, sino con unos chinos claros y camisa blanca.

–¿Qué estás haciendo aquí? –le preguntó con voz ronca.

–He llegado antes que tú –le respondió él–. Quería dibujar el púlpito, que es muy bonito. Y pensar un poco.

–¿Dibujar? –repitió ella–. ¿Tú?

Entonces recordó que había leído que Jago había empezado la carrera de Arte.

–Ah, es verdad, estudiaste arte, se me había olvidado.

Él sonrió.

–Me halaga que te hayas molestado en averiguarlo –le dijo–. Pero, ¿qué haces tú aquí?

–Mi padre me dijo que había que arreglar algunos reclinatorios –improvisó Tavy–, así que he venido por ellos.

–Te he visto entrar y he tenido la sensación de que venías más bien a esconderte.

–No digas tonterías –replicó ella, poniéndose en pie–. Me marcho.

–¿Vas a reparar los reclinatorios aquí? –le preguntó Jago.

–No, voy a llevarlos a la vicaría –dijo Tavy, deseando haberse inventado otra excusa.

–Tengo el coche fuera, te echaré una mano.

–No hace falta, he pensado que ya me los llevaré en otro momento.

–Buena idea. ¿Por qué no me enseñas la iglesia en su lugar?

–Lo cierto es que no hay nada relevante –respondió ella–. Lo que ves es lo que hay. Y seguro que hay un capítulo entero acerca de ella en el libro que te dejó papá.

–Sí. Sé que la hizo construir Henry Manning, el dueño de Ladysmere. Que cedió el terreno y pagó la construcción, y también regaló las campanas de la torre en memoria de su hijo mayor, que murió en la batalla de Balaclava.

–Sí –dijo Tavy–. Hay una placa allí, pero ya solo queda una campana. Las otras las quitaron hace años.

–¿A la gente le molestaba el ruido?

–No, en absoluto. De hecho, a todo el mundo le entristeció la noticia. El problema es que la torre ya no tenía fuerza suficiente para sujetarlas.

–Vaya, qué problema.

–Sí, pero no es tu problema. Ahora, si me perdonas, tengo que marcharme. Te dejo dibujando.

–Ya he terminado por hoy, te llevaré a casa.

–Gracias, pero antes tengo que ir a otra parte.

–Ah –dijo él–. ¿No habré interrumpido algún trabajo importante?

–Por favor, no seas absurdo.

Jago arqueó las cejas.

–Normalmente trabajas los sábados por la mañana. ¿No te estarás escondiendo aquí porque no has ido a trabajar? –le preguntó–. ¿Qué diría tu padre si se enterase?

–Me preocupa más lo que va a decir cuando se entere de que me han despedido –admitió con la voz quebrada–. Lo que nos faltaba.

Y, a pesar de sus buenas intenciones, se sentó en un banco y se puso a llorar.

Delante de él.

Jago se sentó a su lado y la abrazó por los hombros, haciendo que apoyase la cabeza en su hombro. Tavy aspiró el olor de su piel a través de la camisa e hizo un esfuerzo por controlarse.

Cuando por fin consiguió dejar de llorar, se apartó. Él le tendió un pañuelo blanco.

–Lo siento –balbució Tavy.

–¿Por qué te disculpas? Yo diría que tendría que haber sido al revés.

–Siento haber hecho el ridículo de esta manera.

–A mí me parece que tu reacción ha sido normal, dadas las circunstancias. ¿Cuál es el motivo del despido? ¿Te han dado el correspondiente aviso verbal y por escrito?

Tavy negó con la cabeza.

–No. Solo me ha dicho que me marchara –le contó Tavy, conteniendo un sollozo–. No sé qué va a hacer sin mí. Ni siquiera sabe encender el ordenador.

–Yo no me preocuparía por eso, estoy seguro de que ya te ha sustituido por alguien. No obstante, no ha respetado tus derechos y deberías denunciarla.

–No, no puedo –le respondió ella–. Solo quiero encontrar otro trabajo y seguir con mi vida.

Hubo otro silencio, y después Jago añadió:

–¿Y qué más te pasa?

Tavy miró a su alrededor.

–La iglesia. La reforma cuesta mucho dinero y la diócesis no puede permitírsela, así que van a cerrarla y tendremos que marcharnos.

Tragó saliva.

–Me lo ha dicho la señora Wilding, y ha justificado así mi despido. Conoce al arcediano.

–Menuda pieza, tu exjefa. No me gustaría que uno hijo mío fuese a su colegio.

Tavy no pudo evitar imaginárselo siendo padre y, por supuesto, marido. Aunque pensó que jamás tendría una familia tradicional.

–No te preocupes, ella también piensa que eres el hermano malo de Satanás.

–En ese caso, a lo mejor debería marcharme de este lugar sagrado e ir a otro más apropiado. Ven conmigo al pub a tomar una copa. Te vendrá bien.

–No, gracias. Tengo que irme y hablar con papá.

Él la acompañó hasta la puerta.

–¿Y qué piensa tu novio de la decisión de su madre? –le preguntó entonces.

Tavy se mordió el labio.

–No... no creo que esté al corriente.

–Qué bien –comentó él con desdén.

Ella se giró a mirarlo.

–Patrick se disgustará mucho cuando se entere –le dijo, enfadada–. Y, de todos modos, no es asunto tuyo. ¿Cómo te atreves a juzgar a personas que no conoces?

–En ocasiones, las cosas se ven mejor desde fuera –le respondió Jago sin inmutarse–. Y tú, cariño, no estás viendo más allá de tu bonita nariz.

–No tienes ni idea –le gritó ella con voz temblorosa–. Ni idea. Has estado tanto tiempo en la oscuridad que no reconoces ni aprecias la decencia.

–Ah, otra vez con esas. En ese caso, no tengo nada que perder.

Dicho aquello, la abrazó y volvió a besarla apasionadamente.

A Tavy le resultó imposible respirar, pensar. Ni siquiera pudo resistirse.

Jago la agarró por las caderas y la apretó contra su cuerpo, demostrándole así lo excitado que estaba.

Y, lo que era mucho peor, haciendo que Tavy desease estar todavía más cerca de él, que aquel beso durase eternamente...

Cuando por fin la soltó, estaba temblando por dentro.

Deseó gritarle que era un bruto y un cerdo, pero no le funcionó la voz.

–Te voy a dar un consejo –le dijo él con toda naturalidad–. Abre los ojos, Octavia, antes de que sea demasiado tarde.

Luego fue hacia donde había aparcado un Jeep, subió a él, lo arrancó y se marchó.

Y Tavy se quedó mirándolo, tocando con una mano temblorosa sus labios henchidos.

Capítulo 8

FUE UNA tarde triste. Lloyd Denison escuchó muy serio todo lo que Tavy tenía que decir, aunque no le contó su encuentro con Jago, y después, antes de retirarse a su despacho, comentó:

–Esa mujer no te merece, cariño.

Su padre se disgustó, pero Tavy tuvo la sensación de que no se había llevado una sorpresa.

Ella intentó animarse y se informó en internet sobre los requisitos para estudiar Magisterio. Podía hacerlo, pero tendría que esperar hasta septiembre para entregar la solicitud.

Lo que significaba que, mientras tanto, tendría que encontrar otra cosa.

Para su desconcierto, todavía no tenía noticias de Patrick, lo que hacía que no pudiese descartar completamente los desagradables comentarios de Jago.

Pensó que tendría que ir a verlo ella.

Así que, después de desayunar a la mañana siguiente, le pidió el coche a su padre y fue a Market Tranton, cuyas calles estaban muy tranquilas a aquellas horas. Iba a aparcar delante de su casa cuando salió un coche deportivo que reconoció al instante. Se trataba de Fiona Culham.

Tavy se quedó inmóvil en el coche y se dio cuenta

de que se le había acelerado el pulso. Se dijo a sí misma que tenía que haber una explicación lógica y que si se volvía a Hazelton Magna, sería una cobarde.

Así que aparcó y entró en el edificio sin tener que llamar al timbre porque acababa de salir una señora. Subió las escaleras hasta el primer piso y llamó a la puerta del apartamento número 11.

Patrick abrió casi al instante. Iba vestido solo con un albornoz y estaba muy sonriente.

–¿Qué se te ha olvidado...? –empezó, y entonces se dio cuenta de quién había al otro lado–. Tavy, ¿qué demonios estás haciendo aquí?

–Creo que, por fin, estoy abriendo los ojos –le dijo en voz tan tranquila que se sorprendió a sí misma–. ¿Puedo pasar?

Patrick se apartó a regañadientes. Ella entró en el salón y miró a su alrededor. En la mesa que había junto a la ventana quedaban los restos de un desayuno para dos, la puerta del dormitorio estaba abierta y las sábanas, muy arrugadas.

–Así que... Fiona y tú.

–Sí –respondió Patrick–. No sabía que estuvieras espiándonos.

–¿Espiándoos? –repitió Tavy con incredulidad–. No seas ridículo. No tenía ni idea hasta que no la he visto marcharse de aquí. ¿Cuándo empezó?

–¿Acaso importa? –preguntó él, poniéndose a la defensiva. Parecía incómodo.

–Creo que tengo derecho a preguntártelo.

–Venga ya –le dijo Patrick con impaciencia–. Eres una buena chica, Tavy, pero lo nuestro nunca ha ido en serio. Seguro que lo sabías.

–Estoy empezando a darme cuenta ahora. Lo que no entiendo es cómo pudimos tener algo.

Él se encogió de hombros.

–Cuando llegué aquí, necesitaba una novia... y te encontré a ti.

–¿Y por eso solo nos veíamos fuera del pueblo, para que pudieses dejarme por Fiona y no parecer un completo cretino?

–¿Por qué no lo dejamos en que hemos pasado algún buen rato juntos? Las cosas cambian.

«Sí», pensó Tavy. «He perdido mi trabajo, puedo perder mi casa y te he perdido a ti, aunque en realidad parece ser que nunca te tuve».

Levantó la barbilla.

–En ese caso, permite que os desee que seáis muy felices –le dijo–. Porque supongo que os casaréis.

–Sí, en cuanto esté arreglado lo del divorcio de Fiona, entre otras cosas. Hasta entonces, te agradecería que mantuvieras la boca cerrada.

–¿A quién iba a contárselo? –inquirió ella antes de marcharse.

Después fue de vuelta a Hazelton Magna. Cuando estaba aproximadamente a un kilómetro del pueblo, apagó el motor y se quedó allí un rato pensando. Esperando, también, a sentir dolor.

Al fin y al cabo, había creído estar enamorada de Patrick, ¿no?

Pero el dolor no llegó y Tavy pensó que acababa de empezar un capítulo nuevo en su vida. No obstante, no entendía cómo podía haber confundido lo que había tenido con Patrick. En realidad, no había podido compararlo con ninguna otra experiencia... Hasta hacía poco tiempo.

Y se dio cuenta de que hasta su padre se había dado cuenta.

También Jago...

Jago...

Se estremecía solo de pensar su nombre.

Supo que eso sí que le podía hacer sufrir de verdad.

Le habían gustado los besos de Patrick, pero los de Jago eran otra historia.

A lo mejor este también pensaba que era solo una buena chica. E intentó convencerse de que era lo que tenía que ser para luchar contra él.

Al día siguiente volvería a Market Tranton y encontraría un trabajo.

Se olvidaría del pasado, ignoraría el presente y se concentraría en el futuro.

–¿Estaba la señora Wilding en la iglesia? –le preguntó a su padre un rato después, mientras servía las chuletas con patatas y brócoli.

–Por suerte, no –respondió este–. Supongo que habrá ido ya a la iglesia de San Pedro, en Gunslade.

–Pero, papá, si formaba parte del consejo parroquial –comentó Tavy.

–Sí, cariño, pero solo porque quería ocupar ese puesto en el pueblo –dijo él–. ¿Te he dicho ya que Julie Whitman y su novio van a venir a las dos y media para que hablemos de su boda? Podría ser la última que se celebre en la Santísima Trinidad, así que tenemos que encontrar el modo de hacer que sea especial.

–No digas eso, papá. Tal vez...

–Me temo que ambos sabemos que es inevitable, aunque no nos guste.

Comieron un trozo de tarta de manzana de postre y después Tavy recogió, cargó el viejo lavaplatos y salió al jardín con un café. En ese momento sonó el timbre de la puerta principal, y ella pensó que Julie y Graham habían llegado muy temprano.

Hacía un día cálido, y Tavy se paseó por el jardín como si fuese la primera vez que lo veía, se quitó los zapatos para sentir el frescor de la hierba y disfrutó de las flores. Intentó grabar todo aquello en su memoria.

Sabía lo que ocurriría con el jardín. Un constructor compraría el terreno, echaría la casa abajo y construiría varias casas de lujo. Ella esperaba estar muy lejos cuando aquello ocurriera.

Se sentó debajo del magnolio, en un viejo banco que había pensado pintar, y bebió el café. Los acontecimientos del día estaban empezando a causar mella en ella, estaba cansada.

De repente, vio cernirse una sombra al otro lado del jardín y se puso recta, haciendo que casi se le cayese lo que quedaba de café.

–¿Cómo has entrado aquí?

Jago se encogió de hombros.

–He llamado al timbre, me ha abierto la puerta tu padre y he charlado con él hasta que ha llegado una pareja y me ha pedido que viniese aquí contigo. ¿Pasa algo?

Ella lo fulminó con la mirada.

–¿No se te ha ocurrido pensar que eres la última persona a la que me apetece ver?

«Sobre todo, teniendo en cuenta que voy vestida con la falda vaquera vieja y la camiseta raída que tenía que haberme puesto la primera vez».

–Sí, pero lo cierto es que me da igual.

–Supongo que habrás venido a disculparte –le dijo Tavy en tono frío.

–¿Por qué? ¿Por sugerirte que abrieses los ojos o por besarte? Porque yo no me arrepiento de ninguna de las dos cosas.

Sin que nadie lo invitase, se sentó en la hierba y estiró las piernas.

Tavy se fijó en que volvía a llevar unos chinos y una camisa azul cielo.

–¿Ha hecho aparición tu hombre?

–No –admitió ella–. Ni va a hacerla.

–Ah, así que ya lo sabes.

–Sí.

–¿Y cómo te has enterado?

–He ido a su casa esta mañana... para hablar. Y ella se estaba marchando en ese momento. Era evidente que había pasado la noche allí.

–Y estás disgustada –le dijo él en voz baja.

–Estoy destrozada –respondió ella en tono desafiante–. Por supuesto.

Jago arqueó las cejas oscuras.

–Si es así... lo siento.

Hubo un silencio y después Tavy le preguntó:

–Dime una cosa. ¿Cómo lo averiguaste?

–Empecé a sospechar la noche del pub. Fiona insistió en que fuésemos allí y luego el dueño me contó que había estado discutiendo con Patrick en la barra. Además, conozco a su exmarido, que me ha contado muchas cosas de ella. Para empezar, que estaba convencido de que Fiona había estado viéndose con otro desde el principio, con un antiguo novio.

—Pero como van a divorciarse...

—No es tan sencillo. Al parecer los Latimer le hicieron firmar un acuerdo prenupcial según el cual Fiona recibiría mucho dinero si el matrimonio se rompiese. Salvo que se pueda probar que ha sido infiel.

Jago se encogió de hombros.

—Yo pienso que fue ella la que hizo que Patrick se marchase de Londres, no quería que los viesen juntos allí.

—Y por eso necesitaba él una novia del pueblo... De tapadera.

—Podía haber sido peor –le dijo Jago.

Ella se mordió el labio.

—¿Y has venido a decirme eso?

—No.

—Entonces, ¿qué quieres? –le preguntó Tavy.

—He venido a ofrecerte trabajo.

Hubo un silencio y después Tavy le dijo:

—Si es una broma de mal gusto, no me parece nada graciosa.

—Todo lo contrario, es una oferta de trabajo en serio, con horarios y sueldo de verdad. Las obras empiezan la semana que viene y yo no puedo estar ahí para supervisarlas, así que necesito a alguien que pueda solucionar cualquier problema que surja –le explicó–. Evidentemente, he pensado en ti.

—Yo no lo veo tan evidente. Debes de estar loco.

—Soy práctico –dijo él–. Tú vives aquí, así que no

tienes que viajar. Estás sin trabajo. Eres de confianza, sabes utilizar un ordenador y has realizado tareas administrativas, según dice en la carta tu anterior jefe.

–¿Cómo lo sabes? –inquirió Tavy.

–Me lo ha dicho tu padre, que está de acuerdo conmigo en que puedes hacer el trabajo sin ningún problema. Además, todas las empresas que he contratado son locales, así que seguro que las conoces. Y eso es una ventaja.

Después de un momento, continuó:

–Soy consciente de que preferirías arder en el Infierno a aceptar la ayuda de un depravado como yo, pero necesito tu ayuda, así que te pido que, por favor, te lo pienses.

–Ya lo he pensado –respondió ella–. Y la respuesta es no.

–¿Puedo preguntarte por qué?

Tavy se mordió el labio.

–Porque aunque has conseguido que mi padre confíe en ti, yo no lo hago. Así que prefiero guardar las distancias.

–Y podrás hacerlo. Ya te he dicho que no podré estar mucho por aquí en las próximas semanas. Por eso necesito a un gestor de proyectos en la casa. Además, así le harás compañía a Barbie.

–¿Quién es Barbie?

–Me va a guardar la casa –respondió él sonriendo–. Está deseando que esté terminada.

–Qué bien –comentó Tavy, consciente de que le había dado un vuelco el corazón–. ¿Y por qué no vigila ella las obras?

–Va a hacerlo –admitió Jago–, pero no sabe utilizar un ordenador. Ni tiene la relación que tienes tú con las empresas locales.

Jago se puso en pie y sonrió.

—Pero con ella cerca, puedes estar segura de que nadie te molestará. Si es eso lo que te preocupa.

—No tengo miedo a nada –dijo ella.

—Excelente. Eso me quita un peso de encima –admitió él–. Espero que lo reflexiones bien y que no te dejes llevar por los prejuicios que tienes hacia mí. Puedes contactar conmigo en Barkland Grange en cuanto hayas tomado una decisión.

Antes de marcharse, añadió:

—Ya te he dicho que es solo un trabajo temporal. Y que la mitad del tiempo ni siquiera sabrás que estoy aquí.

Tavy lo vio alejarse por el jardín y un minuto después escuchó el motor de un Jeep.

Se apoyó en el respaldo del banco e intentó calmar su respiración.

Si la oferta se la hubiese hecho cualquier otra persona, la habría aceptado sin dudarlo, pero viniendo de Jago Marsh, no podía hacerlo.

El muy manipulador había hablado antes con su padre para ponerlo de su parte.

¿Cómo iba a explicarle ella que no era posible?

Suspiró y se miró el reloj. Era hora de acercarse a llevar un té y unas galletas a su padre y a los futuros novios.

Y para cuando Julie y Graham se marchasen, seguro que tenía una lista de motivos perfectamente razonables por los que no podía trabajar en la finca. O, al menos, los suficientes para convencer a su padre de que estaba tomando una decisión sensata y racional.

Ya solo tenía que convencerse a sí misma.

Se le había olvidado que su padre tenía que ir a dar la comunión a la residencia de ancianos, así que no pudo hablar con él hasta la hora de la cena.

–No puedo aceptar la oferta de trabajo –dijo de repente.

–Siento oír eso, cariño. ¿Tienes algún motivo en particular?

Y a ella no le salió ninguna de las excusas que había estado preparándose.

–Jago Marsh ha intentado ligar conmigo.

–¿Esta tarde?

–Bueno... no. el otro día –respondió ella–. No pareces sorprendido.

–¿Por qué iba a estarlo? –dijo su padre sonriendo–. Eres una chica muy guapa, Octavia.

Ella se ruborizó.

–Entonces, comprenderás que quiera evitarlo.

–Lo que pienso es que si intentas guardar las distancias con todos los hombres que te encuentren atractiva, tendrás que pasar los próximos años escondiéndote constantemente.

Ella lo miró fijamente.

–No, papá. Pareces olvidar que he estado... saliendo con alguien.

–No se me ha olvidado, créeme –le aseguró él–, pero últimamente he visto tan poco a Patrick Wilding que he empezado a tener dudas.

–Pues no las tengas. No voy a salir más con él.

–Ya veo –dijo su padre, suspirando–. Es una pena

que te permitiese abandonar la universidad. Me encanta este pueblo, pero siempre supe que tenías que buscar nuevos horizontes. No habrías tardado en aprender a manejar a los admiradores no deseados. Y, lo que es más importante, a diferenciarlos de los buenos de verdad.

Tavy se mordió el labio.

–Bueno, Jago Marsh jamás me convendrá –respondió–. Por cierto, ¿te ha dicho que va a llevar a una mujer a la finca?

–Algo me ha contado –le contestó su padre–. Pensé que eso te tranquilizaría.

Ella tragó saliva.

–Bueno... a pesar de todo... ¿Tú piensas de verdad que debería aceptar el trabajo?

Él se encogió de hombros.

–Al menos estará bien pagado, hasta que sepamos qué nos va a deparar el futuro.

Hizo una pausa y se quedó pensativo.

–Es un joven muy polivalente. ¿Sabías que ha estado haciendo dibujos del interior de la iglesia?

–Me lo ha contado, sí.

–Me los ha enseñado. Y también me ha dado esto.

Su padre buscó en la carpeta en la que llevaba el sermón y sacó una hoja arrancada de un cuaderno.

Era el dibujo de una chica, sentada a la sombra de una columna, con expresión melancólica, casi perdida.

«Soy yo», pensó.

–Es bueno –admitió–. Es como mirarse en un espejo.

–Pero me gustaría que la expresión de tu rostro fuese de alegría –le dijo su padre.

–Lo será, te lo prometo.

Cuando terminó de recoger la cena, Tavy llamó a Barkland Grange y pidió que le pusieran con Jago Marsh.

–¿Su nombre, por favor?

–Octavia Denison –respondió ella a regañadientes.

–Ah, sí, señorita Denison, el señor Marsh está esperando su llamada.

Horrorizada, Tavy estuvo a punto de colgar el teléfono, pero Jago ya había respondido.

–Me alegra tener noticias tuyas –le dijo.

–He decidido aceptar el trabajo –le confirmó Tavy.

–Excelente –respondió Jago–. En ese caso, me gustaría que estuvieras en la finca mañana a las ocho y media.

–¿Tan pronto?

–Por supuesto, Ted Jackson ya estará allí y te dará una llave. He estado usando la antigua biblioteca como despacho, así que hay un ordenador y conexión a Internet. Encontrarás una lista provisional de cosas de las que tienes que ocuparte y los nombres de las empresas que he contratado hasta el momento.

Hizo una pausa.

–Mañana irán a instalar un nuevo calentador, y espero que el fontanero me presente un presupuesto para transformar parte de la habitación principal en un cuarto de baño. ¿Puedes ocuparte de ello?

–Sí –consiguió contestar Tavy–. Eso creo.

–La cocina puede utilizarse –continuó Jago–. Hará falta té y café cuando empiecen las obras, así que cómpralos cuanto antes y haz una nota de todo el dinero que gastes.

Antes de colgar, añadió:

–Muchísimas gracias, Octavia, de verdad.

Tavy oyó clic y la llamada se había terminado. Ella se sintió aturdida, como si acabase de encontrarse con un tornado. Jago había sido breve y profesional, y eso era lo que ella quería, ¿no?

¿O no?

No pudo encontrar una respuesta que tuviese sentido.

Capítulo 9

ERA EXTRAÑO, dirigirse a la entrada principal de Ladysmere Manor en vez de entrar por un lado del muro, que ya no estaba caído. Extraño, pero mucho más seguro.

Miró a su alrededor y vio que Ted Jackson y su equipo habían hecho ya maravillas en el jardín. Habían cortado los arbustos y la hierba y estaban empezando a organizar nuevas plantaciones.

Tavy imaginó que también habrían empezado a trabajar en el lago, pero no iba a acercarse a él a comprobarlo. Se dijo a sí misma que aquel era territorio prohibido, y tuvo que esforzarse en sonreír al ver que se acercaba a ella Ted Jackson.

–Llegas muy pronto –comentó este–. Mi esposa no podía creérselo, cuando el señor Marsh me llamó anoche para decirme que ibas a trabajar aquí.

Y seguro que a esas alturas ya se lo había contado a medio pueblo, pensó Tavy, apretando los dientes.

–Lo del colegio es muy raro –continuó Ted–. Mi June dice que no se imagina a la señora Wilding trabajando con Fiona Culham todos los días. Dice que no tardarán en saltar chipas.

Tavy se quedó de piedra. Así que era Fiona la que iba a ocupar su lugar en el colegio.

Consciente de que Ted estaba observando su reacción con gran interés, Tavy recuperó la compostura y se encogió de hombros.

–Por suerte, no es mi problema. Y no quiero entretenerlo.

–Si llama el señor Marsh, dile que Bob Wyan puede empezar a trabajar en el porche mañana –le dijo Ted, dándole una llave.

Tavy frunció el ceño.

–¿Qué va a hacer con él?

–Al parecer, quiere convertirlo en un estudio para pintar. Dice que tiene la luz adecuada, o algo así.

Otra noticia sorprendente para Tavy. A lo mejor Jago quería convertirse en artista profesional.

Al entrar en la casa, su primera impresión fue que estaba muy limpia, aunque el papel y la pintura de las paredes estuviesen muy estropeados. A pesar de que olía a limpia, la casa seguía teniendo un aspecto descuidado. Tavy fue por el pasillo que llevaba a la cocina, que se encontraba en la parte trasera de la casa.

Guardó el té, el café y los vasos de plástico en un enorme armario y la leche en un viejo frigorífico.

Se preparó un café y se lo llevó a la biblioteca, que en esos momentos era solo una habitación con estanterías vacías, y pensó que ojalá que los libros de sir George hubiesen ido a parar a buenas manos.

En el centro de la habitación había una mesa grande con un ordenador nuevo, una impresora y un teléfono y, debajo de la ventana, un carrito con papel, cuadernos, lapiceros y rotuladores, y dos archivadores grandes, uno con presupuestos y otro con catálogos de baños y muebles.

Encendió el ordenador y vio que había entrado un correo. Indecisa, lo abrió. *Espero que hayas descansado y hayas tenido dulces sueños*, empezaba.

Tavy tragó saliva. Lo cierto era que no había dormido nada bien y que todavía le daba vergüenza pensar en los sueños que había tenido.

Por eso se había levantado tan temprano esa mañana, porque le había dado miedo a volver a dormirse y soñar de nuevo con el calor del cuerpo de un hombre y con apasionados besos.

Por suerte, no había visto en sus sueños el rostro de su amante ni sabía su nombre.

Respiró hondo y continuó leyendo.

Te sugiero que emplees parte del día paseándote por la casa y por la finca para que te familiarices con ella. Abre cualquier correo que llegue y gestiónalo si es posible, si no, déjalo aparte para que lo vea yo.

En caso de que surja algún problema serio y necesites localizarme, te doy mi número de teléfono, pero es para que lo utilices solo tú, no se lo des a nadie.

He estado utilizando la habitación principal para guardar mis cuadros hasta que el estudio esté terminado.

Todavía no sé cuándo va a llegar Barbie, pero he dejado ropa de cama nueva en la habitación que está al lado de la principal, que me gustaría que prepararas para ella, lo mismo que el baño que hay enfrente. Asegúrate de que hay siempre flores frescas.

Firmaba solo con su nombre y había añadido después su dirección de correo electrónico y un número de teléfono móvil. Después, añadía que pasaría de vez en cuando para ver cómo progresaban las obras.

Y para ver a Barbie también, se dijo Tavy, apretando los labios y preguntándose por qué no la instalaba directamente en la habitación principal desde el primer día, o desde la primera noche.

Tal vez la tal Barbie fuese la chica por la que se había peleado con Pete Hilton. Si era así, la relación debía de ir en serio porque había durado bastante tiempo.

Pero ella estaba allí para trabajar, no para darle vueltas a la vida sentimental de su jefe. Y como su jornada se terminaba a las seis de la tarde, con un poco de suerte no tendría que presenciar sus encuentros.

Mucho antes de que se hubiese terminado el día, Tavy se sintió como si hubiese estado corriendo un maratón.

Tenía más trabajo y este era más complicado de lo que había imaginado, se había dado cuenta al descargar e imprimir las instrucciones que Jago le había dejado.

Muy a su pesar, estaba impresionada. Al parecer, a Jago no se le escapaba ni un detalle y, por primera vez, ella estaba empezando a pensar que no había comprado Ladysmere solo por capricho. El cuidado que tenía por todos los detalles indicaba que pretendía convertir la casa en su hogar. Un lugar en el que establecerse y, tal vez, formar una familia.

Tavy se estremeció al pensarlo y, por un instante, miró hacia delante sin ver nada.

Entonces se recordó que, fuesen cuales fuesen los planes de Jago, no eran asunto suyo. Cuando se materializasen ella estaría muy lejos y los acontecimientos de las últimas semanas le parecerían solo un mal sueño.

En ese momento empezó a sonar el teléfono y después de una llamada entró otra. Al mismo tiempo, llegaron los técnicos de la calefacción. Después, hubo un constante trasiego de personas con muestrarios de papel para la pared y enormes libros con muestras de moquetas.

Y las estanterías de la biblioteca empezaron a llenarse.

El fontanero llegó justo cuando estaba terminando de comer unos sándwiches de queso con tomate y lo condujo escaleras arriba, hasta la habitación principal.

Estaba prácticamente a oscuras porque las persianas estaban bajadas. Tavy se acercó a las ventanas a levantarlas mientras el fontanero desaparecía por una puerta que daba un vestidor, que pronto sería transformado en un lujoso baño.

La habitación era grande y el friso de yeso del techo era muy bonito. En la pared que había frente a la puerta estaba la enorme cama con dosel, que parecía un esqueleto, sin somier ni colchón, pero seguía dominando la habitación.

Tavy se acercó a ella y le pareció preciosa. Pasó la mano por la suave madera de uno de los postes que, al igual que el cabecero, que estaba fijado a la pared, eran de roble claro.

Habían intentado llevársela, porque había algunas marcas en la madera.

Lo cierto era que aquella cama no le pegaba a un hombre como Jago Marsh, ni tampoco a alguien con nombre de muñeca de plástico. No, él querría una cama mucho más grande, con sábanas de satén negras...

Tavy se obligó a volver a la realidad.

«¿Qué sabes tú de los hombres y de lo que quieren?», se dijo a sí misma. «Si solo te han besado con pasión de verdad una vez en tu vida y lo ha hecho el hombre equivocado, porque estaba enfadado».

Consciente de que se le había acelerado el corazón, volvió a la ventana y la abrió porque olía a cerrado.

Al darse la vuelta vio un caballete, varias carpetas grandes y algunos lienzos apoyados contra la pared. Y recordó lo que le había dicho Jago.

Se sintió tentada a echarles un vistazo y comprobar si pintaba tan bien como dibujaba, pero se controló. Una vez más, no era asunto suyo.

Avisó al fontanero, que estaba en la puerta de al lado, y fue a regañadientes a la habitación de Barbie, que parecía ser la única que estaba amueblada de toda la casa. Tenía una mesa redonda con una lámpara rosa encima, una cajonera, un pequeño armario forrado de tela verde, una alfombra y, por supuesto, una cama, nueva y grande, con el colchón todavía envuelto en una funda de plástico. Las sábanas que le habían dejado eran rosas y la colcha y las almohadas, blancas y salpicadas de flores rosas. Las cortinas, a juego, ya estaban colgadas.

–Muy romántico –murmuró mientras desenvolvía la ropa con tanta fuerza que estuvo a punto de romperse una uña.

Hizo la cama con precisión matemática, comprobó que había perchas en el armario y después puso jabón y toallas en el baño que había al otro lado del pasillo.

–En ese vestidor hay mucho espacio –comentó el fontanero al salir de la habitación principal–. ¿Y si ponemos bañera además de ducha? ¿Y la grifería, la ponemos en cromo o en oro?

Hizo una pausa.

–He comprado algunas baldosas de muestra. Son italianas, de gama alta.

–Suena bien –respondió Tavy–. Le diré al señor Marsh que lo llame para tomar las decisiones.

–Suele ser la señora de la casa la que decide esas cosas –comentó el fontanero sonriendo–. ¿No confía en ti?

Tavy se sonrojó.

–Yo no voy a vivir aquí. Solo estoy supervisando la reforma.

Él la miró con escepticismo.

–Lo que tú digas, cielo.

Los baldosines ocuparon otra estantería de la biblioteca y Tavy estaba añadiendo las preguntas relativas al baño al correo que iba a enviarle a Jago cuando llamaron al timbre. Estaba llegando a la entrada cuando volvió a sonar con insistencia.

La paciencia es una virtud, dijo entre dientes mientras abría la puerta. Y entonces vio sorprendida que se trataba de Fiona Culham.

–Ya era hora –empezó esta, entonces se dio cuenta de a quién tenía delante–. ¿Octavia? ¿Se puede saber qué estás haciendo aquí?

–Trabajar –respondió Tavy–. Me he quedado sin trabajo, así que Jago me ha ofrecido uno.

–Seguro que tu padre le ha convencido de que la caridad empieza por casa –respondió Fiona con el ceño fruncido, dando un paso al frente–. Ahora, si no te importa apartarte, quiero hablar con él.

–Me temo que Jago, el señor Marsh, no está en estos momentos, señorita Culham. Está de viaje de negocios.

–Pero te habrá dejado un número de contacto –respondió Fiona, entrando en la casa–. Dámelo.

–Lo siento –le dijo Tavy en tono educado–, pero tengo instrucciones de utilizarlo solo yo.

Fiona se echó a reír.

–¿No se te está subiendo un poco a la cabeza? Supongo que es tu primer día de trabajo.

–Y el tuyo también, tengo entendido.

Fiona no respondió a aquello, pero añadió:

–Imagino que puedo dejarle un mensaje.

–Por supuesto, voy por mi cuaderno.

–Prefiero una hoja de papel –dijo Fiona, sacando un bolígrafo de su bolso–. Y un sobre, por favor.

Tavy asintió.

–Ahora vuelvo.

Cuando entró en la biblioteca estaba sonando el teléfono, era el electricista, que tenía un presupuesto preliminar que confirmaría después por escrito.

Tavy tomó nota, buscó papel y volvió a la entrada, que estaba vacía. Por un momento, pensó que Fiona se había cansado de esperar y se había marchado, entonces oyó pisadas y la vio bajando las escaleras.

–Necesitaba ir al baño –le explicó–. Espero que no te importe.

–Podría haberte enseñado...

–No hace falta –la interrumpió Fiona–. Conozco la casa como la palma de mi mano.

Escribió algo en el papel, lo dobló y lo metió en el sobre, que después cerró meticulosamente antes de dárselo a Tavy.

–Como comprenderás, es estrictamente confidencial.

Tavy asintió.

–Sí, hay mucho de eso –comentó.

Fiona le lanzó una mirada venenosa.

–Espero que mantengas la boca bien cerrada, porque, si no, te arrepentirás –le advirtió–. Es solo un consejo de amiga.

Cuando la puerta se hubo cerrado tras la inoportuna visitante, Tavy se apoyó en ella un instante e intentó calmar su respiración.

Los Jackson estaban equivocados, pensó. Fiona y la señora Wilding hacían muy buena pareja.

«Pero no voy a permitir que eso me afecte».

Dicho aquello, volvió a la biblioteca y empezó a preparar una hoja de cálculo donde apuntaría todos los trabajos que se hacían a diario y semanalmente.

Estuvo charlando un rato con los técnicos de la calefacción antes de que se marchasen, dejando instalado el nuevo calentador, y después cerró la puerta con llave y volvió al ordenador, contenta de estar sola y de poder concentrarse.

Durante la siguiente hora más o menos, estuvo completamente inmersa en su trabajo.

Después, suspirando con satisfacción, se dispuso a imprimir, y fue entonces cuando oyó unas pisadas acercándose.

Se quedó inmóvil, mirando hacia la puerta. «He cerrado con llave», pensó.

«Pero se te ha olvidado cerrar la ventana de la habitación principal», le advirtió una vocecilla en su interior.

Tomó su teléfono y se acercó a la puerta. Entonces, gritó:

—Sea quien sea, no estoy sola. Voy a contar hasta tres y después llamaré a la policía.

—En vez de llamar a la policía, llama a una ambulancia, porque me has dado un susto de muerte —le dijo Jago, apareciendo en el pasillo.

Tavy se agarró al marco de la puerta.

—Tú —dijo con voz temblorosa—. ¿Qué estás haciendo aquí?

—Lo mismo iba a preguntarte yo a ti.

—Tenía que terminar unas cosas.

—Qué diligente —comentó él—. Supongo que después me pedirás que te pague las horas extras.

—En absoluto —respondió ella indignada—. Solo quería un poco de paz y tranquilidad.

—Y yo te lo he estropeado.

—No. Ya había terminado e iba a imprimir —le dijo—. Si venías a ver a Barbie, todavía no ha llegado.

—Siempre hace lo que quiere —comentó Jago sonriendo—. ¿Qué más ha pasado hoy?

—Tengo una lista —le informó Tavy, dándosela—.

Ted Jackson ha dicho que empezarán a trabajar en el porche mañana.

–Buena noticia. Es estos momentos estoy de alquiler, que no es lo ideal, pero no puedo elegir si quiero hacer una exposición en otoño.

–Así que es cierto, ¿estás embarcándote en una nueva carrera? –preguntó ella sorprendida.

–No. Solo estoy volviendo a la vida que tenía planeada antes de que surgiese lo de Descent. ¿Te sorprende?

–En realidad, no es asunto mío –se apresuró a decir Tavy, señalando las estanterías–. Han traído todas esas muestras.

–Ahora no tengo tiempo de verlas. Me las llevaré y te diré qué he escogido.

Ella asintió y sacó el sobre.

–También ha venido la señorita Culham, Fiona, y te ha dejado esto.

Lo vio rasgar el sobre, leer la nota y apretar los labios, luego volvió a doblar el papel y lo metió en el sobre.

–Así que ha venido en persona –comentó, mirando a Tavy y dándose cuenta de que se ruborizaba–. ¿Te ha molestado?

–No ha sido precisamente agradable –admitió ella–. Le han dado mi trabajo en el colegio.

–Ya imagino –dijo Jago en tono irónico–. ¿Es eso un problema?

–En absoluto. Al fin y al cabo, siempre supe que a mi jefa no le gustaría como nuera.

–Si es lo que quieres, siempre puedes intentarlo.

–¿Qué quieres decir? –preguntó ella con el ceño fruncido.

–Que Patrick y Fiona no van a durar nada juntos, así que, si quieres recuperarlo, apuesto a que lo conseguirías.

–¿Cómo?

–Si quieres, intentando ligármela yo.

–¡No! –exclamó ella, sin poder evitarlo.

–¿No quieres? –insistió Jago, divertido.

–Eso sería... cruel, salvo que te guste de verdad –le dijo–. ¿Te gusta?

–En absoluto. Pero creo que a ella tampoco le gusta Patrick en realidad.

–Eso es absurdo. Volvió aquí para estar con él.

Jago negó con la cabeza.

–Volvió porque no podía seguir permitiéndose el ritmo de vida que llevaba en Londres, y por la presión de sus padres. Para poder tenerla cerca, su padre se ha hecho socio del colegio, consiguiendo al mismo tiempo un trabajo y un futuro marido para su hija.

Hizo una pausa.

–Hasta quiere comprarme parte del terreno para poner un parque para los niños. Rechacé la primera oferta y esta es la segunda –dijo Jago, metiéndose el sobre en el bolsillo–. Me siento tentado a ver hasta dónde está dispuesto a llegar, aunque está perdiendo el tiempo y el dinero, conmigo y también con Fiona, que no tiene intención de quedarse aquí después del divorcio.

–¿Y cómo lo sabes?

–Se le escapó la noche que estuvimos en el Willow Tree, eso, y que estaba disponible.

Jago sonrió.

–Esa oferta también sigue en pie, así que, si quieres a Patrick, solo tienes que esperar. Deja que llore en tu hombro y espera a que vea la luz.

Tavy respiró hondo.

—Eso es asqueroso.

—Y yo que pensaba que estaba siendo práctico.

—¿Y tu... Barbie? —le preguntó ella—. ¿Lo comprenderá cuando se entere?

—Si se entera, se pondrá furiosa conmigo, estoy seguro. Pero no será la primera vez —le dijo Jago tan tranquilo.

—Ya imagino —comentó Tavy sacudiendo la cabeza—. La gente como tú... No sé cómo podéis vivir con vosotros mismos.

—El dinero es un gran paliativo. Y, ahora que estoy en modo práctico, ¿le has advertido a tu padre que ibas a volver tarde y que tendría que prepararse la cena él?

Tavy negó con la cabeza.

—Esta noche iba a jugar al ajedrez con un amigo del pueblo. Cena allí.

—En ese caso, tú vas a cenar conmigo.

—De eso nada. Antes preferiría...

Se interrumpió de repente.

—Morirte de hambre —terminó Jago en su lugar—, pero estoy seguro de que eso iría contra los Derechos del Niño.

—No soy ninguna niña —replicó ella.

—Entonces, deja de comportarte como tal. Tenemos que hablar de la casa, así que considéralo una cena de trabajo. He traído comida.

—¿Qué?

—Quería cenar en mi propia casa. Es una tontería, pero es la verdad —admitió—. En el Jeep tengo una manta, así que haremos un picnic. Sugiero el suelo del salón.

—No... No puedo.

—¿Piensas que no voy a ser capaz de controlarme? —bromeó Jago—. Cariño, trabajas para mí, así que podrías denunciarme por acoso sexual. No necesitarías volver a trabajar en toda la vida.

Luego continuó:

—Además, el comedor no es nada adecuado para una orgía. Y, tal y como tú misma has dicho, también hay que tener en cuenta a Barbie. En cualquier caso, ¿no se supone que hay que aceptar la vuelta de los pecadores arrepentidos al rebaño? Estoy seguro de que tu padre diría que sí.

Ella se mordió el labio inferior al notar que le entraban ganas de reír, aunque aquello no era nada gracioso.

—Solo si el arrepentimiento es sincero —respondió—. Además, es evidente que pensabas que ibas a estar solo en tu casa, así que yo soy un estorbo.

—Si lo fueras, no te habría pedido que te quedases a cenar. Iré por la comida mientras tú terminas de imprimir ese documento.

Tavy pensó que no tenía elección, aunque lo cierto era que había pasado mucho tiempo desde que se había comido el sándwich y tenía hambre.

Estaba apagando el ordenador cuando Jago la llamó.

Ella se quedó un momento sentada, mirando hacia el frente, y luego, mientras se levantaba murmuró:

—No debería estar haciendo esto.

Llegó al comedor y se quedó inmóvil.

–¿Velas? –preguntó con incredulidad.

Había cuatro, colocadas en altos candeleros de plata situados alrededor de la manta.

–Mi antecesor vendió la lámpara de araña con todo lo demás, así que la habitación necesitaba algo de luz –comentó Jago, destapando una cesta–. Las compré la semana pasada.

–Pero todavía no es de noche –protestó Tavy.

–Deja de buscarle tres pies al gato y ayúdame.

En la cesta no solo había comida, sino también platos, cubiertos, e incluso copas de vino. Todo por parejas, lo que sugería que Jago había tenido la esperanza de encontrarse con Barbie allí.

Pero había tenido que conformarse con el segundo plato, si es que se podía considerar tanto.

«No pienses así», se advirtió a sí misma–. «No estás participando en un concurso, solo estás pasando el rato, no lo olvides».

Vio cómo Jago colocaba la comida. Había un paté de trucha, un pastel de pollo, ensalada, un pequeño recipiente con salsa y una barra de pan crujiente, mantequilla y una botella de Chablis. Para terminar, Jago había comprado un frasco de melocotones macerados en aguardiente.

La miró y, sonriendo, preguntó:

–¿Te parece bien?

–Maravilloso –respondió ella–. Parece una celebración.

–Era lo que pretendía –admitió Jago–. Por Ladysmere. Un ave fénix resurgiendo de las cenizas.

–Sí –dijo Tavy. «Y todo gracias a ti», pensó–. Es... un momento especial.

–Sí, lo es. Gracias por compartirlo conmigo.

La miró a los ojos y Tavy notó que le daba un vuelco el corazón.

–Por Ladysmere.

Capítulo 10

EL VINO estaba fresco y delicioso, y Tavy agradeció que le cortasen el pan y le untasen el paté en él mientras ella intentaba controlar su respiración.

—¿Por qué lo vendió todo el sobrino de sir George, si tenía pensado deshacerse de la casa?

—Yo creo que para cobrar dinero rápidamente. Intentó desmontar hasta la cama que hay en la habitación principal, por suerte, no pudo.

—Ah, por eso está dañada.

—Sí, pero la voy a restaurar y voy a pedir que hagan un colchón a medida. Cuando lo conocí en España, me confesó que esperaba que unos vándalos le prendiesen fuego a la casa, para poder así cobrar el seguro.

Tavy dio un grito ahogado.

—Me alegro de que sir George no supiese jamás lo repugnante que era su sobrino.

—Te caía bien, ¿verdad?

Fuera estaba empezando a ponerse el sol y allí, bajo la luz de las velas, Tavy tuvo la sensación de que estaban aislados del mundo exterior. No lo suficientemente cerca para tocarse, pero sumidos en una extraña y potente intimidad.

—A todo el mundo le caía bien sir George —respondió—. Era un hombre muy querido en el pueblo.

—Así que dejó el listón muy alto —comentó Jago.

—Ah, pero nadie espera... —se interrumpió, le ardía el rostro.

—Nadie espera mucho de un degenerado que fue músico de rock and roll —dijo Jago en su lugar—. Bueno, no me extraña.

—No quería decir eso. Es solo que nos entristeció que sir George no tuviese un hijo que pudiese cuidar de la finca y esperábamos que fuese comprada, no sé, por una familia para que pudiese haber una nueva dinastía, tal vez. Aunque sé que es poco realista.

—Sí. Para empezar, porque si hubiese niños habría que vallar el lago —dijo él—. Y eso sería una pena, ¿no crees?

Tavy tomó aire.

—Solo una temporada, hasta que aprendiesen a nadar.

—Tienes razón —admitió Jago, inclinándose a rellenarle la copa.

—No debería beber más —dijo ella enseguida.

—¿Por qué no? Esta noche solo voy a conducir yo. Y, como decía mi niñera: si yo no puedo y el gato tampoco, tienes que hacerlo tú.

—¿Tenías niñera?

Él asintió.

—Sí, y era terrorífica. Mi hermana y yo llegamos a temer por nuestras vidas.

Todo aquello era nuevo.

—¿Y ves mucho a tu familia?

—Lo que quieres preguntarme es si todavía me hablan, pues sí. Aunque Becky se casó y se fue a vivir a Australia, y mis padres se han ido con ella a pasar una larga temporada porque va a tener un bebé. ¿Te puedo hacer una pregunta?

Tavy se puso tensa, segura de que le iba a preguntar por Patrick.

–Dime.

–¿Te acuerdas de cómo estaba amueblada esta habitación?

La sorpresa fue tal, que Tavy estuvo a punto de atragantarse.

–A ver, había una mesa enorme, por supuesto, que podía alargarse para que comiesen veinte o treinta personas si era necesario. Y un aparador justo detrás de ti. Me parece que era todo de caoba, de estilo victoriano.

Jago asintió, pensativo.

–¿Y el salón?

–Ah, allí había unos enormes sofás Chesterfield y sillones de respaldos altos de cuero marrón oscuro –le contó–. Recuerdo haberme sentado en ellos de niña y haber tenido miedo de escurrirme. ¿Por qué me lo preguntas?

–Porque cuando llegué buscaba una especie de refugio, pero ahora tengo otros motivos para quedarme a vivir. Y mis ideas acerca de la decoración también están cambiando. Por cierto, está empezando a hacer frío.

Se quitó la chaqueta y se la dio a Tavy.

–Toma, no puedo arriesgarme a que te enfríes.

Ella se puso la chaqueta sobre los hombros y siguieron cenando en silencio. Cuando terminó, dejó su tenedor y suspiró.

–Estaba todo delicioso.

–Ahora, prueba esto –le dijo él, poniendo unos melocotones en un plato.

–¿Tú no vas a comerlos?

–Tengo que conducir.

–¿Hasta Barkland Grange?

–No, voy a pasar la noche en Londres.

–En ese caso, supongo que querrás marcharte lo antes posible –le dijo Tavy, sin poder disfrutar ya de los melocotones.

–Antes tengo que llevarte a casa.

–No, no hace falta. Me vendrá bien el paseo. Además, todavía tengo cosas que hacer aquí.

–¿Como cuáles?

–Me he dejado una ventana abierta en el piso de arriba –confesó.

–Entonces, ve a cerrarla mientras yo recojo esto.

La vio dudar y añadió en tono afable:

–Son órdenes del jefe, Octavia.

En la habitación principal, Tavy fue a la ventana y se quedó allí un instante, intentando calmar su corazón.

Algo había cambiado entre ambos durante la cena. Algo que no podía explicar, pero que la aterraba. Porque cuando Jago había dicho que se tenía que marchar, ella había deseado contestarle que no la dejase o, todavía peor, que la llevase con él. Debía de estar volviéndose loca.

Cerró la venta y se miró un instante en el reflejo. Todavía llevaba puesta su chaqueta. Movió los hombros debajo de ella y luego se llevó la manga al rostro, se la pasó por la mejilla, y por los labios.

Luego se la quitó y bajó las escaleras. Jago la estaba esperando para llevarla a casa.

Hicieron el trayecto en silencio y ella pensó que estaba cansada, por eso se sentía tan confundida, pero que todo volvería a la normalidad pronto.

Jago detuvo el coche delante de la vicaría y, al ver que estaba a oscuras, comentó:

—Parece que tu padre no ha vuelto. ¿Quieres que entre contigo?

—No hace falta —se apresuró a responder ella—. En Hazelton Magna nunca pasa nada. Gracias por la cena.

—Ha sido un placer.

Tavy bajó del coche y entró en la casa mientras escuchaba cómo se alejaba el Jeep.

Lo primero que vio Tavy al día siguiente al llegar al trabajo fue la manta que habían utilizado para el picnic doblada sobre el respaldo de su silla. La quitó de allí y la dejó en una estantería, fuera de su vista.

Luego fue a la cocina y puso agua a calentar antes de salir al jardín con unas tijeras.

—Hace un día precioso —comentó Ted Jackson, apareciendo de repente—. Dicen que viene otra ola de calor.

—Ya veremos —respondió ella, acercándose a un rosal y cortando algunas flores.

—¿Vas a alegrar un poco la casa, aunque esté vacía?

Ella miró hacia una de las ventanas del primer piso.

–No todas las habitaciones están vacías –respondió.

–Por cierto, ¿anoche trabajaste hasta tarde? Porque Jim olvidó algo y cuando vino a buscarlo había luces –le contó Ted–. Ya le he dicho que tenías que ser tú.

–Sí, era yo –admitió, notando que acababa de pincharse con una espina.

–Debes tener más cuidado, Tavy –le aconsejó Ted antes de marcharse.

Y ella se maldijo mientras volvía a la casa. Al parecer, Jim los había visto la noche anterior por la ventana del comedor. Aunque tampoco podía haber visto mucho. Además, la llegada de Barbie pronto acallaría todos los rumores.

Colocó las rosas en un jarrón y las llevó a la habitación de Barbie.

–Ya está todo listo –dijo entre dientes–. Así que, por favor, ven lo antes posible. Por el bien de las dos.

Enseguida llegó el fin de semana, las rosas se habían marchitado, las había cambiado por otras, y no había rastro de la dama.

Cuando se lo comentó a Jago, este respondió que Barbie llegaría cuando estimase adecuado.

Él tampoco había vuelto a la casa, pero la llamaba todas las tardes a las seis para que lo pusiese al día y Tavy ya estaba empezando a acostumbrarse a aquel ritual.

Cenar con él había sido un error, porque todo el mundo en el pueblo le preguntaba con mucho interés por su trabajo. Y en varias ocasiones se había hecho el silencio al entrar ella a una tienda.

Aunque a lo mejor de lo que hablaban era de la visita del arcediano a su padre, que tendría lugar el miércoles siguiente, y en la que tratarían el cierre de la Santísima Trinidad.

Para su sorpresa, el pueblo no había protestado ni se había movilizado para evitar quedarse sin iglesia.

Cuando regresó a casa el jueves por la tarde, un tanto pensativa porque Jago no la había llamado, se encontró a su padre preparando una pequeña maleta.

—Voy a pasar un par de días con Derek Castleton, un viejo amigo de la universidad que vive en Milcaster, seguro que me has oído hablar de él. Me ha pedido que vaya a verlo para que hablemos de los problemas de la Santísima Trinidad.

—¿Piensas que podría ayudarte?

—Tal vez, ya veremos —respondió su padre, dándole un beso en el pelo—. Estarás bien sola, ¿verdad?

—Por supuesto.

Su padre acababa de marcharse cuando sonó el teléfono de casa.

—Me temo que el señor Denison no está —respondió nada más descolgar.

—Octavia —le dijo una voz inconfundible—. Siento no haber podido llamar antes.

—No pasa nada —respondió ella—. No tienes que llamarme todas las tardes.

—Por supuesto que sí, tengo que estar al tanto de las obras. Quería decirte que va a haber un cambio de planes para mañana. He oído que subastan un juego de comedor como a cuarenta kilómetros de la finca, me gustaría que fuésemos juntos a verlo por la mañana y que, si nos gusta, nos quedemos a la subasta, que es por la tarde.

—Pero es tu comedor, yo no tengo nada que decir al respecto —comentó ella.

—Pasaré a recogerte a las once. Son órdenes del jefe.

Y, dicho aquello, colgó.

A la mañana siguiente, Tavy decidió sacar del armario la falda gris que había llevado para trabajar en el colegio, se puso una blusa blanca de manga corta y se recogió el pelo, sabiendo que la temperatura iba a subir otra vez.

Se fue al trabajo donde estuvo ocupada hasta las once en punto, que apareció Jago vestido con vaqueros oscuros, una camisa y gafas de sol.

La miró de arriba abajo y le dijo:

—Un aspecto muy profesional.

—Es que estoy trabajando —respondió Tavy—. El fin de semana empieza mañana.

Él sonrió.

—Tengo la sensación de que me estás regañando.

Se subieron al Jeep bajo la atenta mirada de Ted Jackson y a Tavy le costó un rato volverse a relajar.

Ashingham Hall, la casona en la que iba a tener lugar la subasta, se parecía mucho a Ladysmere. En vez de ir directos al comedor a ver la mesa, Jago se paseó por todas las habitaciones y tomó notas en su catálogo. Algunas sorprendieron tanto a Tavy que no pudo evitar murmurar:

—No puedes querer comprar eso. Es horrible. Pensé que habíamos venido por una mesa.

–Sí –respondió él, también en voz baja–, pero no hay que mostrarse demasiado interesado por eso en particular.

Así que cuando llegaron al comedor, Tavy intentó que no se le cambiase el gesto a pesar de que la mesa era toda una obra de arte.

Consciente de que había un hombre observándolos, se acercó a Jago y le dijo en voz alta.

–No está mal, pero queríamos algo más sencillo, y en vez de esas sillas, dos más grandes y con brazos en los extremos. Me lo habías prometido.

–Bueno, en ese caso vamos a ver qué hay en los dormitorios, a ver si tenemos más suerte.

Salieron del comedor y Jago la condujo directamente a la calle.

–He oído que hay un pub que está muy bien en el pueblo. Vamos a comer temprano y después volveremos a la subasta.

El pub estaba lleno, pero consiguieron una mesa debajo del último parasol que quedaba libre en la terraza, que tenía vistas a un río.

Estaban comiendo cuando Tavy comentó:

–Hay una chica en la mesa del fondo que creo que te ha reconocido, no deja de mirarte.

–¿Incluso con las gafas de sol? –preguntó él suspirando.

–Es que eres inconfundible –admitió ella.

–Pues tú, la primera vez que nos vimos, no tenías ni idea de quién era.

–Solo quería que te marcharas.

–Y yo solo quería quedarme.

–Por favor, no digas esas cosas.

–¿Por qué? ¿No te gusta que piensen de ti que eres atractiva?

–Tu fan se está acercando.

Jago saludó a la chica, e incluso le hizo un retrato rápido en una servilleta y se lo dedicó.

–Ha sido todo un detalle –admitió Tavy–. Te amará eternamente.

–Es que también soy capaz de ser educado y amable –respondió él–. Ahora, vámonos antes de que empiecen a acercarse posibles amantes y me quede sin mi mesa de comedor.

De repente, Jago había cambiado de actitud. Tavy tomó su bolso y se dijo que tenían que volver al trabajo. Al fin y al cabo, para eso estaba allí.

Capítulo 11

S E MARCHARON de allí por la tarde y después de haber conseguido comprar el comedor. Una vez en Ladysmere, entraron los dos en la casa.

Tavy revisó los correos y dio una vuelta por la casa para ver qué habían hecho los obreros y, cuando salió, Jago estaba hablando con Ted Jackson. Ambos parecían preocupados.

Ted Jackson se fue hacia su coche y Tavy subió al Jeep y se abrochó el cinturón.

–¿Por qué no me lo has dicho? –le preguntó Jago.

–¿El qué?

«¿Que he cometido la locura de enamorarme de ti? ¿Que cuando estoy sola no puedo evitar pensar en tu boca, en tus manos, en tus caricias?».

–Que el próximo miércoles es la reunión con el arcediano. Ted dice que hay carteles por todo el pueblo.

–Normalmente no estás aquí durante la semana.

–Es cierto, pero el miércoles que viene estaré. Te guste o no, voy a venir a vivir aquí, Octavia, y la iglesia es una parte importante del pueblo, así que por supuesto que me interesa lo que vaya a ocurrir con ella. Voy a hablar con tu padre ahora mismo.

–No está en casa –le dijo Tavy.

–¿Cuándo volverá?

–Mañana. Ha ido a ver a un viejo amigo. A alguien que tal vez pueda ayudarlo.

–En ocasiones, los amigos nuevos también podemos ser útiles –le dijo él.

Entonces llegaron a la casa y Tavy dio un grito ahogado al ver lo que había escrito en la puerta con pintura blanca: *ZORRA*.

–Dios santo –murmuró Jago, apagando el motor del Jeep–. Quédate aquí.

Ella obedeció. Estaba temblando y no entendía nada.

Jago volvió poco después.

–No hay nadie, pero la pintura todavía está fresca. Voy a intentar limpiarla.

La ayudó a entrar en la casa y la acompañó al salón.

–Siéntate. Estás completamente blanca –comentó–. ¿Tiene tu padre coñac?

–Sí, en su estudio. Se lo ofrece a los feligreses en estado de shock, o que tienen algún problema.

–En ese caso, te puedes tomar una copa o dos.

Tavy se quedó sentada en el sofá, aturdida, sin poder creer lo que había ocurrido.

Cuando Yago volvió, le preguntó:

–¿Piensas que ha podido hacerlo Patrick?

–No, no me lo imagino haciendo algo así. Me parece más probable que haya sido Fiona.

–Pero, ¿por qué?

–Porque ha sufrido una decepción y necesita pagarla con alguien.

–¿Qué le ha pasado? ¿Ha roto con Patrick?

–No lo sé, ni me importa.

–Tal vez estuviesen mejor el uno sin el otro –comentó Tavy–, pero a veces uno no puede evitar amar a la persona equivocada.

Se interrumpió inmediatamente al darse cuenta de lo que había dicho y no se atrevió a mirar a Jago.

Hubo un silencio, y después este añadió:

–Si me perdonas, voy a ocuparme de la puerta.

Ella bebió el coñac y empezó a sentirse mejor. Se tumbó en el sofá y cerró los ojos. Le parecía imposible creer que Fiona hubiese hecho algo así.

Un rato después, más tranquila, se levantó y fue a la cocina a dejar el vaso. Sacó una cerveza de la nevera y fue hacia la puerta principal, que Jago seguía frotando.

Este se había quitado la camisa y sonrió al verla.

–Me acabas de salvar la vida –le dijo, aceptando la cerveza y dándole un buen sorbo.

Ella también tenía sed. De él.

–Has hecho un buen trabajo. Ya casi no queda pintura –le dijo.

–No se ve lo que había escrito, pero va a hacer falta que arregle la puerta un profesional.

–Bueno, a partir del miércoles que viene, ya no será nuestro problema.

Él se sentó en un escalón y volvió a beber.

–Tal vez las cosas no salgan como piensas –le dijo.

–Yo creo que la decisión ya está tomada –le dijo ella–. Muchas gracias por esto, pero no quiero entretenerte más.

–¿Es una indirecta para que me marche? –le preguntó Jago–. Porque no voy a irme a ninguna parte.

–¿Qué quieres decir?

–Que no voy a permitir que pases la noche sola. Podemos quedarnos aquí o ir a Barkland Grange. Yo prefiero estar aquí, por si vuelve la persona que le ha hecho eso a la puerta. Propongo que llamemos al restaurante indio de Market Tranton para que nos traiga la cena y que pasemos la noche viendo la televisión tranquilamente.

–¿De verdad piensas que nos van a traer la cena?

–¿Qué te apuestas? –le preguntó él–. Si la traen, te quitas esa falda y te pones algo con lo que estés más atractiva.

–¿Y si no la traen?

–Si no la traen, tú decides el premio, que puede ser cualquier cosa menos que me vaya de aquí.

–No me gusta apostar –respondió ella después de un largo silencio–, pero me gusta el pollo *biriyani* con pan *naan*.

Y, dicho aquello, se marchó por donde había llegado.

Al final, y muy a su pesar, Tavy se puso un vestido de flores que ni era nuevo ni era muy revelador. Eso mismo debió de pensar Jago cuando la vio aparecer en la cocina un rato después, porque no hizo ningún comentario.

Ella empezó a poner la mesa y comentó:

–Estaba pensando qué podía decirle a papá acerca de la puerta. No quiero preocuparlo más.

–Yo creo que deberías contarle la verdad, Octavia. Tiene derecho a saberla.

La cena estaba deliciosa. Mientras recogían la cocina, Tavy comentó:

–Creo que después del coñac, ahora debería tomarme un café solo.

Él sonrió.

–Entonces, ¿no puedo tentarte a que bebas un poco más?

«Es probable que pudieses tentarme a ir contigo hasta las puertas del infierno», pensó ella, y se ruborizó.

–No si no quieres que me duerma viendo la televisión –respondió en tono de broma.

Como a ella no le gustaba demasiado la televisión y le daba igual qué programa ver, le dejó el mando a Jago, que escogió una producción reciente de la ópera cómica *La muchacha que amaba a un marino*, que ambos disfrutaron mucho.

Cuando hubo terminado, Tavy se giró hacia Jago y sonrió:

–Me ha encantado. Era justo lo que necesitaba –le dijo, y luego se miró el reloj–. A estas horas suelo tomarme un chocolate caliente. ¿Te apetece?

–No, gracias.

–Entonces, te enseñaré tu habitación...

–No hace falta. Dormiré aquí, en el sofá. Con una manta y una almohada estaré bien.

–No me costará nada hacer la cama de invitados.

–Prefiero quedarme aquí. Me quedaré un rato viendo la televisión.

Tavy fue a la habitación de invitados, tomó la colcha y la almohada y las llevó al salón.

Jago había apagado una de las lámparas y la habitación parecía haber encogido.

–¿Seguro que vas a estar bien aquí? ¿Necesitas algo más?

–No. Vete a la cama y descansa. Y deja de preocuparte.

Ella cerró la puerta y fue a la cocina a prepararse un chocolate caliente. Allí sola, recordó una conversación que había tenido con su madre.

Tavy le había preguntado si siempre había querido ser la mujer del vicario, y su madre se había echado a reír.

–No, jamás se me había pasado por la cabeza –le había contestado con toda franqueza–. Todo el mundo me dijo que me lo pensase mucho, pero yo supe desde el principio que tu padre era el único hombre al que iba a amar y que era la persona con la que quería pasar el resto de mi vida.

Poco después, había añadido muy seria:

–Y eso es lo que te deseo a ti, Tavy. Que conozcas a alguien con quien quieras pasar el resto de tu vida. No te conformes con menos.

Tavy apagó la luz de la cocina y subió las escaleras. Por fin sabía lo que iba a hacer.

«Es él», se dijo. «Solo él, aunque no pueda ser para siempre. Aunque sea solo una noche...».

Capítulo 12

MIENTRAS llenaba la bañera, Tavy buscó en el fondo del armario un paquete que llevaba escondido allí mucho tiempo.

Era un camisón de verano que su madre le había regalado antes de que se fuese a la universidad, blanco y salpicado de florecillas doradas y hojas verdes. Era muy bonito y estaba sin estrenar.

Se lo acercó al cuerpo y se miró en el espejo, preguntándose qué pensaría Jago cuando la viera.

También se preguntó qué habría pensado su madre de aquello.

Pero no había podido evitar enamorarse del hombre equivocado, pensó mientras se metía en el agua. Y tampoco podría olvidarse de él tan fácilmente, así que necesitaba tener al menos algo que recordar para el futuro.

Salió de la bañera, se secó y se puso el camisón. Se soltó el pelo y se lo peinó. Después se miró al espejo y vio en su reflejo a una chica pálida, a la que le brillaban los ojos de los nervios.

A la chica que ya no quería ser, se dijo mientras bajaba las escaleras descalza.

Jago había apagado la televisión y estaba tumbado en el sofá. Al oírla entrar, se incorporó.

–¿Qué pasa? ¿Has oído algo?

–No.

–Entonces, ¿qué haces aquí?

–No puedo dormir. No quiero estar sola –le dijo con voz ronca, tragando saliva–. Jago... yo... quiero estar contigo. Por favor.

Clavó la vista en la moqueta y esperó su respuesta.

–En ese caso, quítate eso tan bonito que llevas puesto y ven aquí.

Ella lo miró con incredulidad, no había esperado una respuesta así. Había esperado que la tomase de la mano y la tratase con cariño y delicadeza. Se quedó inmóvil donde estaba.

–¿Has cambiado de idea? –le preguntó él–. Muy sensata. Porque quiero que sepas, Octavia, que no soy tu paño de lágrimas ni tu premio de consolación. Y, pienses lo que pienses, no me he quedado aquí esta noche para aprovecharme de ti. Algún día me darás las gracias, porque tu primera vez tiene que ser con alguien que de verdad signifique algo para ti.

Ella cerró los ojos. Se había quedado rígida al verse rechazada.

–¿Te importaría dejar de tratarme como a una niña? –le preguntó con voz temblorosa.

–Todo lo contrario, porque es mucho más seguro que tratarte como a una mujer. Ahora, vuelve a tu habitación e intenta descansar.

No tenían nada más que decirse, así que Tavy se dio la media vuelta y se marchó, sintiéndose completamente humillada.

A la mañana siguiente, le picaban los ojos y se sentía fatal porque casi no había podido pegar ojo.

Era tarde, y Tavy tuvo la esperanza de que Jago se hubiese marchado de la vicaría.

Pero entonces oyó la ducha y supo que no iba a tener esa suerte.

Se lavó en una vieja palangana que había en su habitación y se puso unos pantalones vaqueros cortos y una camiseta, y se recogió el pelo en una trenza antes de bajar las escaleras. Comprobó que nadie había vuelto a pintar la puerta durante la noche y fue a preparar café.

De repente, la puerta se abrió y vio aparecer a Patrick, que parecía furioso.

–Supongo que estarás contenta –le espetó, furioso.

–No he oído el timbre –respondió ella.

–Porque no he llamado. Supongo que estarías esperándome.

–No. Salvo que vengas a disculparte por lo que ha hecho tu novia.

–Ni lo sueñes –respondió él, acercándose a la mesa y dejando sobre ella el contenido de un sobre–. ¿Ves estas fotografías?

–Por supuesto que las ve –dijo Jago desde la puerta, todavía con el pelo húmedo y descalzo–. ¿Nos has traído las fotos de tus últimas vacaciones, Patrick?

–Esto no es asunto tuyo –respondió él, recogiendo las fotos en las que aparecía dándose un beso con Fiona–. ¿Puede saberse qué haces aquí?

–Después de la actuación de ayer de tu novia, pensé que Octavia necesitaría protección.

–Sí, por supuesto –comentó Patrick, girándose hacia Tavy–. Te vas a arrepentir de esto.

–Pero si yo no tengo nada que ver –protestó ella–. Ni siquiera tengo cámara de fotos.

–Entonces, ¿quién las ha hecho?

–A lo mejor un profesional –intervino Jago–. Alguien de la agencia de detectives que Hugh Latimer tiene contratada para seguir a su exesposa.

–¿Y tú qué sabes? –replicó Patrick.

–Al parecer, más que tú –le dijo Jago.

Y el otro hombre se marchó dando un portazo.

–¿Desayunamos? –preguntó Jago.

–¿Así? ¿Como si no hubiese ocurrido nada? –dijo Tavy.

–Bueno, yo preferiría que hablásemos de lo de anoche.

–No –respondió ella enseguida–. No hay nada de qué hablar. Tenías razón. Estaba asustada y me comporté mal. Y no tengo nada más que decir y... lo único que puedo hacer es disculparme.

Hubo un silencio y luego Jago añadió:

–Como quieras.

Luego se levantó de la mesa.

–Lo he pensado mejor y creo que no debería quedarme a desayunar.

Y se marchó, dejando la casa vacía y silenciosa sin su presencia.

Capítulo 13

TAVY decidió que se refugiaría en el trabajo para no pensar en él.

Por la tarde, estaba tendiendo la colada cuando oyó la voz de su padre que la llamaba.

–Hola, cariño –le dijo, abrazándola–. ¿Qué le ha pasado a la puerta?

–Es una historia muy larga –respondió ella, obligándose a sonreír.

–Ya veo, ¿quieres un té o algo más fuerte?

Tomaron un té y Lloyd Denison escuchó a su hija en silencio, con expresión seria. Cuando Tavy hubo terminado, su padre siguió sin decir nada hasta que, por fin, suspiró.

–Pensé que jamás le diría esto a nadie, cariño, pero me alegro de que ni Patrick Wilding ni Fiona Culham naciesen aquí y que, por lo tanto, no fuese yo quien los bautizó ni los preparó para su confirmación. En caso contrario, habría sentido que había fracasado –le dijo–, pero me alegro de que Jago acudiese al rescate y que no tuvieses que estar sola.

–Sí, fue muy amable. ¿Y qué tal ha ido tu viaje? ¿Te ha gustado volver a ver a tu amigo?

–Mucho, aunque lo que no te conté es que Derek

es ahora obispo de Milcaster y que me ha ofrecido el puesto de deán, que está libre.

—Eso es maravilloso, ¿no? ¿Qué le has dicho?

—Que le daría la respuesta en un par de días.

Tavy frunció el ceño.

—¿Después de la visita del arcediano?

—No, cariño, me temo que el tema de la Santísima Trinidad está zanjado, pero quería tener unos días para reflexionar, y rezar. Y para hablar contigo, por supuesto —le dijo, tomando su mano—. Me gustaría saber qué vas a hacer tú con tu vida.

—Bueno, todavía quiero ser maestra, pero no podré empezar a estudiar hasta el año que viene, así que podría ir contigo a Milcaster, si quieres. Y ayudarte en la casa.

Su padre cambió el gesto al oír aquello.

—Salvo que ya tengas a alguien.

—Lo cierto es que sí, cariño. El ama de llaves del anterior deán querría quedarse en la casa. Parece una mujer capaz y agradable. Aunque a mí quien me preocupa eres tú.

—Después de todo lo ocurrido, no quiero quedarme aquí. Y estoy segura de que encontraré algo que hacer en Milcaster —añadió alegremente—. Es casi una aventura.

—Sí, aunque hemos pasado tantos años en Hazelton Magna que yo tenía la esperanza... Bueno, da igual, es solo que me fastidia que nos marchemos así.

A la mañana siguiente, durante el desayuno, Tavy comentó:

–Deberíamos empezar a pensar lo que vamos a llevarnos cuando nos mudemos.

Su padre hizo una mueca.

–Qué idea tan espeluznante –respondió.

–¿Por qué no te encargas de tus libros mientras yo me ocupo del resto? –sugirió Tavy.

–Cariño, no vas a tener tiempo, tienes que trabajar todo el día.

–Lo cierto es que... he decidido dejar el trabajo. De todos modos, no podré quedarme hasta el final de la obra, y así Jago tendrá más tiempo para encontrar a otra persona.

–Pero todavía no se lo has dicho a él, ¿verdad?

Tavy se sintió incómoda.

–Lo llamaré luego, aunque suele estar de viaje.

–Por supuesto, es un joven muy ocupado –dijo su padre sonriendo–. Yo también tengo que preparar un sermón.

A pesar de estar sola en casa, Tavy no tuvo ganas de llamar a Jago. Primero planchó y preparó un pollo al horno con verduras y, cuando este se estaba haciendo, llamó con la esperanza de que no respondiese al teléfono.

–Octavia –le dijo–. Tenía la sensación de que ibas a llamarme para decirme que dimites.

–Bueno, sí. Es que... como nos vamos a ir del pueblo.

Hubo un silencio, y después Jago añadió:

–¿Estás huyendo, Tavy?

–En absoluto –respondió ella enseguida–. Es que nos vamos a ir a Milcaster. Le han ofrecido a mi padre el puesto de deán.

–¿Y tú qué vas a hacer allí, ayudarlo?

–Durante un tiempo. Hasta que pueda empezar a estudiar de nuevo.

–Ah. En ese caso, parece que tendré que dejarte marchar.

Tavy dudó.

–No quiero dejarte tirado, así que vigilaré que los muebles llegan mañana.

–No será necesario –le dijo él–. Barbie llegará esta noche. Se encargará ella. Salvo que quieras ir a conocerla, por supuesto.

–No, gracias, voy a tener muchas cosas que hacer aquí.

–Entonces, no quiero entretenerte más.

–Bueno... adiós –se despidió Tavy, colgando el teléfono con mano temblorosa.

Después de la comida, decidió salir al jardín a quitar las malas hierbas. Estaba volviendo a la casa a beber algo fresco cuando se acercó a ella su padre con un sobre.

–Me lo ha dado un tal Charlie, de parte del jefe, ha dicho.

–Es el conductor de Jage –le explicó ella.

Lo abrió y descubrió que había un cheque y una nota que decía: *Por los servicios prestados. Jago Marsh.*

–Papá, es un cheque de... dos mil libras. No puedo aceptarlo.

–Por supuesto que puedes, cariño. Es evidente que eras una empleada muy valorada y Jago ha decidido gratificarte por ello.

–En ese caso, lo daré a la beneficencia.

–De eso nada. En el colegio trabajabas por una miseria. En esta ocasión, la caridad empieza en casa –insistió su padre–. ¿Por qué no te vas de vacaciones? Y cómprate ropa nueva.

Hizo una pausa.

–Aunque debes darle las gracias, por supuesto.

Tavy arrugó la nota de Jago.

–Se las daré por escrito –respondió, entrando en casa.

El miércoles por la noche, Tavy acompañó a su padre a la reunión con el arcediano. A pesar de no apetecerle nada, supo que tenía que estar ahí para apoyar a su padre.

El salón de actos del ayuntamiento estaba casi lleno y el arcediano estaba en la parte delantera del salón, hablando con la señora Wilding.

Cuando ellos se acercaron, la señora Wilding fue a sentarse con Patrick, que estaba en la segunda fila, con la cabeza agachada.

–Veo que ha venido mucha gente –comentó el arcediano en tono frío, espero que no piensen que la diócesis va a cambiar de opinión.

–La esperanza es lo último que se pierde –le respondió Lloyd Denison.

–He oído que tiene pensado ir de deán a Milcaster. Loable, aunque un poco ambicioso, dadas las circunstancias. ¿Empezamos la reunión?

Tavy vio cómo ambos subían al estrado y se preguntó qué había querido decir con aquello el arcediano. Miró a su alrededor en busca de un asiento vacío y vio que una señora mayor a la que no conocía le hacía un gesto y quitaba su bolso de una silla.

Poco después el arcediano anunció que empezarían la reunión con una oración.

De repente, hubo algo de revuelo en la parte de atrás de la sala y Tavy no necesitó mirar para saber quién acababa de llegar.

El arcediano confirmó el cierre de la Santísima Trinidad debido a su mal estado y al altísimo coste de una posible reforma.

Luego añadió que se haría lo necesario para que siguiesen celebrándose los servicios allí, en el ayuntamiento.

Ted Jackson se puso en pie.

–¿Y quién va a hacerlo? ¿Nos van a enviar otro vicario en lugar del señor Denison?

–Las necesidades de los feligreses se verán cubiertas por los miembros de nuestro equipo local –respondió el arcediano.

–Pero supongo que encontrarán a alguien que me reemplace si la iglesia se reforma con financiación privada –comentó el vicario en tono amable.

–Me temo que eso va a ser muy difícil –dijo el arcediano.

–Todo lo contrario –lo contradijo Lloyd Denison–. He recibido una oferta de alguien dispuesto a cubrir los costes de la reforma a condición de que la parroquia siga funcionando como en el pasado.

Se sacó un sobre del bolsillo del abrigo y lo dejó en la mesa.

–Tal vez pueda transmitírselo al obispo.

–Una oferta –repitió el arcediano con incredulidad–. ¿Por qué ha esperado hasta ahora para decír-melo?

–Cuando la he recibido, ya estaba usted de ca-mino.

–¿Y quién ha hecho esa... oferta? –quiso saber el arcediano.

–Yo –respondió Jago, avanzando por el salón, vestido de negro como el primer día que Tavy lo ha-bía visto–. Me llamo Jago Marsh y voy a venir a vivir al pueblo. La iglesia es el corazón de la comunidad y quiero que continúe siéndolo. Si lo que hace falta es dinero, yo puedo ponerlo.

–He oído hablar de usted, señor Marsh. Supongo que con esto pretende volver a integrarse en la socie-dad. ¿Sabe el dinero que hace falta, señor Marsh?

–Sí, el dinero no es problema.

La señora Wilding se puso en pie.

–No obstante, no se puede considerar la oferta, ar-cediano. El consejo parroquial jamás lo aceptará –dijo–. Es dinero sucio de un hombre que no puede vivir entre gente decente.

La asamblea dio un grito ahogado y alguien dijo:

–Cálmate, no hacía falta decir eso.

–Y el vicario –continuó la señora Wilding–, como ya le he dicho, se entiende bien con él e incluso ha permitido que semejante depredador sexual co-rrompa a su hija.

Horrorizada, Tavy intentó ponerse en pie, pero la mujer que había a su lado la sujetó.

–Espera, niña. Deja que hablen ellos –le aconsejó.

El vicario guardó silencio, pero el arcediano dijo:

–Señora Wilding, sé que está preocupada, pero no puede calumniar así a nadie...

Norton Culham se levantó:

–Hay que decir la verdad –empezó–. Ha sido un escándalo. Esa chica dejó los estudios y no es capaz de conservar un puesto de trabajo. Intentó cazar al hijo de la señora Wilding, pero este no se dejó engañar, así que debió de sentirse muy halagada cuando un hombre rico se interesó por ella.

Se echó a reír y continuó:

–Y ahora está en la finca, se supone que trabajando. Tienen una única habitación amueblada. Mi Fiona sospechó de lo que estaba ocurriendo y tomó una fotografía. Además, encontró un dibujo que el señor Marsh había hecho de la chica. Las tengo aquí, por si alguien las quiere ver.

–Yo quiero verlas –dijo la vecina de Tavy, levantando la mano.

Norton Culham le pasó las pruebas y ella les echó un vistazo y resopló.

–Lo que imaginaba, mi habitación. ¿Cómo se ha atrevido su hija a invadir así mi privacidad? Y el dibujo de la chica desnuda se parece a esa vulgar estatua que hay junto al lago.

Luego miró a Tavy, que estaba ruborizada y nerviosa a su lado.

–Pero, si es esta muchacha, será mejor que Jago abandone su carrera como artista, porque no se parecen en nada. ¿Qué le parece, vicario? –preguntó, levantándose y dejando el dibujo encima de la mesa.

–Estoy de acuerdo con usted, señora –respondió.

–Un momento, ¿quién es esa mujer? –inquirió Norton Culham en tono agresivo.

Ella se giró lentamente y lo fulminó con la mirada.

–Me llamo Margaret Barber y fui la niñera del señor Marsh. Ahora soy el ama de llaves de Ladysmere –añadió–. Y si lo hubiese tenido a usted a mi cuidado, sería más educado.

«¿Barber?», pensó Tavy. ¿Era posible?

–¿No será usted... Barbie? –le preguntó.

–Sí, aunque solo me llaman así las personas que gozan de mi confianza –respondió ella–. Ahora, deberíamos callarnos y escuchar.

–Si es todo tan inocente, ¿por qué estuvo el Jeep aparcado en la puerta de la vicaría toda la noche del viernes?

–Yo creo que ya basta –intervino Ted Jackson–. Todos conocemos y apreciamos a Octavia desde niña. Y usted también tiene una hija, señor Culham, de la que también se podría hablar.

–Mi hija descubrió el viernes que alguien que la aprecia tan poco como el señor Culham había escrito algo muy feo en la puerta de la vicaría –explicó Lloyd Denison–. El señor Marsh se quedó con ella por si el vándalo volvía durante la noche. Eso fue todo.

Norton Culham volvió a reír.

–¿Y pretende que nos creamos eso?

–¿Sabe lo que ocurre, vicario? –añadió Ted Jackson–. Que está enfadado porque el señor Jago no accede a venderle un terreno que quiere.

El arcediano se puso en pie.

–No tiene sentido continuar con esta reunión –anunció, tomando el sobre–. Le daré esto al obispo, que imagino que querrá verlo, señor... Marsh.

–Por supuesto.

Tavy se dijo que tenía que salir de allí antes de que Jago la viese, así que se puso en pie y estaba recorriendo rápidamente el pasillo cuando oyó que alguien la llamaba.

–Tavy.

Ella se detuvo. Era Patrick, que tenía ojeras y parecía llevar muchas noches sin dormir.

–Lo siento. Siento todo lo que ha ocurrido. Supongo que no lo comprenderás, pero quería tanto a Fiona que habría hecho cualquier cosa por ella. Cualquier cosa... Lo que sí es cierto es lo que te conté acerca de Jago, que se había ido con la mujer de Pete Hilton. Tal vez estuviese enamorado de ella cuando ocurrió, pero ahora ya no está en su vida. Se ha olvidado de ella. Y lo mismo podría ocurrirte a ti.

–Ya me ocuparé yo de que no ocurra –le respondió ella–. Adiós, Patrick.

Y salió del ayuntamiento sin mirar atrás.

Capítulo 14

TAVY estaba sentada a la mesa de la cocina, con una taza de té que no había probado delante, cuando volvió su padre.

–No me lo habías contado.

–¿Lo de la oferta? Me había llegado hoy y, como no querías oír hablar de Jago últimamente...

–Ya –dijo ella, tomando aire–. ¿Y también sabías quién era Barbie?

–Por supuesto. Y él te lo habría dicho si se lo hubieses preguntado. ¿Por qué no lo hiciste?

–Porque no era asunto mío.

–En ese caso, no te quejes de no haberlo sabido.

–¿Y te parece bien que haya estado engañándome? –inquirió Tavy molesta.

–Me parece que eres tú la que ha estado engañándose a sí misma –le contestó su padre–. Me he fijado en que no le has dado las gracias por lo que está haciendo por la iglesia.

–Seguro que se las ha dado mucha gente, no me habrá echado de menos.

Su padre guardó silencio unos segundos.

–Es en momentos como este cuando más echo de menos a tu madre –dijo antes de marcharse–. Estaré en mi despacho.

Tavy se quedó confundida. Era la primera vez que su padre le hablaba así, como si estuviese decepcionado con ella.

Esperó cinco minutos y luego fue a verlo.

–Papá, estoy hecha un lío.

–Y me parece que no eres la única.

–No entiendo cómo puede permitirse Jago pagar las obras de la iglesia después de haber comprado Ladysmere.

–Creo que Descent va a dar un concierto benéfico y que él va a donar su parte a la Santísima Trinidad.

–Eso no es posible. Dijo que esa parte de su vida se había terminado.

–Pues es evidente que ha cambiado de opinión.

–Pero el grupo no será lo mismo sin Pete Hilton –añadió Tavy.

–Jago me ha dicho que estará todo el grupo.

–Eso no es posible. Jago destruyó el matrimonio de su amigo.

–A mí me parece que fue su amigo el que lo estropeó, pero si quieres más detalles tendrás que preguntarle a Jago –le dijo su padre–. Creo que está en la casa.

Mientras subía por el camino que llevaba a Ladysmere, Tavy pensó que no habría necesitado chaqueta porque hacía mucho calor. Iba a llamar al timbre cuando oyó música y decidió seguirla.

En la terraza cubierta sonaba el *Requiem* de Mozart y ya no era un espacio vacío, sino que estaba ocupado por dos enormes sofás azules, había una chimenea y una gruesa alfombra color crema delante.

Jago estaba tumbado en uno de los sofás, tenía un

vaso con un líquido ambarino en la mano y parecía pensativo.

Tavy dudó y entró. Él levanto la vista, sorprendido al verla.

—Siento haber venido sin avisar —le dijo ella.

—Pensé que estarías reconciliándote con Patrick. ¿O has decidido hacerle esperar?

—Creo que te equivocas, Patrick se disculpó conmigo, sí, y ya no sale con Fiona, pero va a marcharse de aquí.

—No te preocupes, ya volverá.

—Espero que no —le dijo ella—. He venido a preguntarte algo.

—Entonces, siéntate. Me estoy tomando un whisky, ¿te apetece uno?

—Sí. Por favor.

Jago hizo una mueca.

—Debe de ser una pregunta complicada —comentó, apagando la música y saliendo de la terraza.

Tavy se sentó en el sofá de enfrente y pensó que era como estar hundida en una nube.

—Los trajeron ayer —le dijo Jago, volviendo con una botella y otra copa.

—Son preciosos —admitió ella—. No pierdes el tiempo, ¿verdad?

—No cuando encuentro lo que quiero —dijo él, sentándose de nuevo—. Te escucho.

—Mi padre me ha dicho que vas a conseguir el dinero para la iglesia gracias a un concierto benéfico.

—Así es, si el obispo acepta mi dinero. Es un concierto que llevábamos planeando mucho tiempo. También vamos a sacar un último disco. Pete y yo hemos estado trabajando juntos desde que volví a Inglaterra.

Tavy tragó saliva.

—Entonces, te ha perdonado.

—¿El qué? —preguntó Jago—. Soy yo el que debe perdonarse.

—No lo entiendo.

—Es normal, es un mundo muy distinto al tuyo. El éxito de Descent fue meteórico y puso a nuestra disposición alcohol, drogas, mujeres. Todo tipo de excesos. Un día te levantas y te preguntas qué estás haciendo con tu vida, y entonces intentas recuperar el control. Pero para Pete fue demasiado tarde. Mi mejor amigo se había hecho alcohólico y drogadicto y yo no lo había visto venir. Su matrimonio estaba destrozado y Alison acudió a mí y me pidió ayuda. Yo la llevé a casa de sus padres, a Málaga, y ahí debieron de desatarse los rumores.

Hizo una pausa antes de continuar.

—Pete accedió ir a una clínica, pero sus padres me culparon a mí de sus adicciones. Tal vez tuviesen razón. Yo tenía que haberme dado cuenta de que era más vulnerable que los demás.

Guardó silencio unos segundos.

—En fin, que ahora ha vuelto. Sigue bebiendo, pero ha dejado las drogas. Y quiere dedicarse a la cerámica cuando zanjemos el tema de Descent completamente.

—¿Y Alison? ¿Qué fue de ella?

—Se divorció de Pete y, después, no tengo ni idea. ¿Por qué me preguntas por ella ahora?

—Porque pensé que Alison era Barbie.

—¿Y si hubiese sido así?

–Bueno, que eso habría explicado que quisieses una casa en un lugar tranquilo y apartado como este, para empezar de cero... con ella –dijo Tavy, mirándose el reloj–. Ya te he entretenido bastante.

–No, espera. ¿Por qué saliste corriendo después de la reunión?

–Porque me sentía avergonzada después de todo lo que se había dicho sobre nosotros. ¿Tú no?

–No, en absoluto, porque te quiero, Octavia. Te he querido desde el momento en que te vi. Y quiero casarme contigo y pasar el resto de mi vida a tu lado.

–Eso no es posible. Acabamos... de conocernos –respondió ella con voz temblorosa–. Además, la otra noche me rechazaste...

–¿Qué iba a hacer? –preguntó Jago–. No podía desearte más, pero pensaba que seguías enamorada de Patrick y no soportaba la idea de ser un segundo plato para ti. Por eso te dije que te desnudaras, porque sabía que no serías capaz, como no fuiste capaz de salir del lago desnuda el primer día.

–Oh –dijo Tavy ruborizándose.

–Ese día, supe que compartiría Ladysmere contigo. Por eso fui a la vicaría a hablar con tu padre.

–¿Y qué te dijo él?

Jago sonrió de oreja a oreja.

–Se quedó pensativo y después me deseó suerte.

–Y tú me dejaste creer que Barbie era tu novia...

–Esperaba que eso te hiciese reaccionar, pero preparaste la habitación como si no te importase lo más mínimo.

–Tenía miedo de preguntarte quién era esa mujer, pensé que no saberlo me haría menos daño.

–Oh, mi amor –dijo Jago, levantándose para ir hacia ella y tomar sus manos para que se pusiese en pie–. Bueno, yo estoy dispuesto a arriesgarme a sufrir. ¿Quieres casarte conmigo?

Ella lo abrazó por el cuello y lo miró a los ojos.

–Bueno, creo que la única respuesta posible es... sí.

Jago la besó suavemente al principio y después con más deseo cada vez. Ella se apoyó en su cuerpo y, por primera vez, sintió el deseo de estar con un hombre. Su hombre.

De repente, se dio cuenta de que Jago estaba acostumbrado a mujeres con experiencia y se puso tensa.

–¿Qué te pasa?

–Nada...

–Sí, de repente, es como si ya no estuvieras aquí.

–Es una tontería. Es solo que nunca... –dijo, sin ser capaz de terminar la frase.

–Cariño, no te preocupes. Solo tienes que quererlo tú también, no quiero que nos precipitemos si no estás preparada. Esperaré. Digamos que estamos... prometidos. Se lo diremos a nuestras familias y te compraré un anillo.

Le acarició la mejilla.

–Voy a abrir una botella de champán para brindar por nuestro futuro –dijo después, entrando en la casa.

Y ella lo observó. Era el hombre al que amaba, que la amaba a ella también. Se dijo que no tenía que haber echado a perder aquel momento que ya no volvería jamás.

Se giró y, de repente, vio el lago. El lago.

Y, entonces, empezó a sonreír. Incluso rio y se

quitó los zapatos, fue en dirección al agua, desabrochándose la camisa y dejándola caer en las escaleras de la terraza.

Antes de llegar al lago se había quitado toda la ropa.

–Deséame suerte –le dijo a la estatua, metiendo los pies en el barro.

Se sumergió entera, de espaldas a la casa, y a pesar de que no oyó llegar a Jago, sintió su presencia y se giró lentamente, permitiendo que la observase. Luego se llevó las manos al pelo y se lo soltó. Y esperó.

–Octavia... eres preciosa –le dijo él.

Ella salió del agua despacio y lo abrazó.

Él pasó las manos temblorosas por todo su cuerpo y después se arrodilló. Con la cara pegada a su abdomen, susurró:

–Ahora soy yo el que tiene miedo.

–Eso no puede ser –le respondió Tavy, acariciándole la frente.

–Sí, porque es la primera vez que estoy enamorado.

Ella se arrodilló también y lo besó en los labios.

Jago la tumbó y empezó a acariciar todo su cuerpo. Y allí, a la orilla del río y gracias a las expertas manos de su prometido, Tavy tuvo su primer orgasmo.

No obstante, cuando fue a desabrocharle los pantalones, él no se lo permitió.

–Aquí no, cariño. Va a anochecer y está empezando a refrescar.

La tomó en brazos y, dándole un beso en el pelo, la llevó hasta el dormitorio principal, cuya cama ya estaba vestida con sábanas blancas y una colcha de satén negro y oro.

—¿Has hecho tú todo esto? —preguntó Tavy sorprendida.

Él negó.

—No he sido yo, sino Barbie. Justo antes de decirme que Charlie iba a llevarla a pasar la noche a Barkland Grange. Como te dije, siempre hace lo que quiere.

Tavy lo vio desnudarse y se puso nerviosa, pero Jago pronto la tranquilizó con el calor de sus manos.

Ella también lo acarició y le hizo gemir de placer. Y cuando llegó el momento, lo ayudó a ponerse un preservativo antes de guiarlo entre sus muslos.

Ambos gritaron a la vez al llegar al clímax y después, se quedaron tumbados, besándose en silencio.

Jago fue al piso de abajo a buscar el champán, que seguía intacto, y volvió también con la ropa de Tavy. Dijo que la había recogido para evitar que Ted Jackson se ruborizase al día siguiente.

—Y he llamado a tu padre —añadió—. Le he dicho que lo veremos mañana.

—¿Y qué te ha contestado él?

—Que te dé un beso y que iba a comprar una pistola —le respondió Jago, volviendo a meterse en la cama—. Solo me caso contigo para tenerlo de suegro, que lo sepas. Y papá y mamá van a ponerse muy contentos. ¡Un nieto y una nuera en el mismo año!

—¿No es estupendo? Hacer feliz a la gente —comentó Tavy.

Él sonrió.

—Sí, por eso voy a intentar hacerte feliz a ti.

Bianca.

El sol, el mar y miles de recuerdos...

Abandonada por un novio infiel y con la autoestima por los suelos, Kayla Young había buscado la soledad en una isla griega. Lo último que deseaba era compartir aquel lugar paradisíaco con un griego misterioso y arrogante.

Acosado por la prensa sensacionalista y las cazafortunas, Leonidas Vassalio no podía creer que estuviera compartiendo su refugio con una mujer que ¡no sabía quién era! Y pensó aprovecharse de ello.

Pero, en su intento por desentrañar la compleja personalidad de esa mujer, Leonidas se daría cuenta de que era ella la que estaba desarmando su armadura protectora.

HARLEQUIN *Bianca.*

Elizabeth Power
Escapada griega

Escapada griega

Elizabeth Power

Deseo

AÚN TE DESEO

CATHERINE MANN

Malcolm Douglas era el chico malo del instituto, el que le robó el corazón a Celia Patel, pero la vida acabó separándolos y ella se quedó con el corazón roto. Dieciocho años después, Malcolm regresó a su vida convertido en una estrella del rock y empeñado en reparar los errores del pasado. Se decía a sí mismo que solo quería protegerla de una amenaza real, pero la vieja química que había entre ellos no tardó en surgir de nuevo.

¿Podría hacer que el placer del presente borrara el dolor del pasado?

¡YA EN TU PUNTO DE VENTA!

Bianca.

Su guardaespaldas tenía músculos, cerebro... y mucho dinero.

Cuando la modelo Keri se quedó atrapada con el guapísimo guardaespaldas Jay Linur, pronto se dio cuenta de que pertenecían a mundos diferentes. Pero los polos opuestos se atraían... y ella abandonó la pasarela por un paseo por el lado salvaje. La pasión los arrastró por completo.

De vuelta a la realidad, Keri descubrió que Jay no era lo que parecía: además de un cuerpo increíble, tenía cerebro y mucho dinero. Y aunque el matrimonio era lo último que Jay tenía en la cabeza, Keri se dio cuenta de que no podía alejarse de él...

Corazón de diamante

Sharon Kendrick